니나노 이야기

세상을 읽는 삶의 에스프리

니나노 이야기

김동학 지음

대양미디어

# 내 인생에 가을이 오면

윤동주 詩

내 인생에 가을이 오면
나는 나에게
물어볼 이야기들이 있습니다

내 인생에 가을이 오면
나는 나에게
사람들을 사랑했느냐고 물을 것입니다

그때 가벼운 마음으로 말할 수 있도록
나는 지금 많은 사람들을 사랑하겠습니다

내 인생에 가을이 오면
나는 나에게
열심히 살았느냐고 물을 것입니다

그때 자신 있게 말할 수 있도록
나는 지금 맞이하고 있는 하루하루를 최선을 다하여 살겠습니다

내 인생에 가을이 오면
사람들에게 상처를 준 일이 없었느냐고 물을 것입니다

그때 자신 있게 말할 수 있도록
사람들에게 상처 주는 말과 행동을 말아야 하겠습니다

내 인생에 가을이 오면
삶이 아름다웠느냐고 물을 것입니다

그때 기쁘게 대답할 수 있도록
내 삶의 날들을 기쁨으로 아름답게 가꾸어가야겠습니다

내 인생의 가을이 오면
어떤 열매를 얼마만큼 맺었느냐고 물을 것입니다

그때 자랑스럽게 말할 수 있도록
내 마음 밭에 좋은 생각의 씨를 뿌려놓아
좋은 말과 좋은 행동의 열매를 부지런히 키워야 하겠습니다

# 세상을 읽는 삶의 에스프리

　이 책은 자유로운 영혼이 부르는 삶의 노래다. 시대의 흐름을 거슬러 세상을 살면서 보고 들으며 읽고 느꼈던 풍부한 생각을 오롯하게 썼다. 읽을수록 가슴속 깊은 곳에서 올라오는 은근하고 뭉근한 울림이 느껴진다. 인간의 근원적인 삶을 비롯해 정치, 종교, 철학과 이데올로기를 살피고, 세상을 여유롭게 바라보며 읽어낸 혜안을 담은 책이다.

　저자는 80년이라는 세월 동안 우여곡절의 삶을 살아왔지만, 여전히 떠꺼머리 소년의 풋풋함을 지닌, 때 묻지 않은 순박한 감성을 지녔다. 이 책은 세상을 살아오면서 느꼈던 삶의 이야기를 노래하듯 들려준다. 책의 제목 『니나노 이야기』에 관해 저자는 "우리나라가 못살던 시절엔 슬픈 노래가 많았다. 막걸리를 한잔 마시고 세상살이에 대한 한풀이로 젓가락 장단에 맞춰 흥겹게 부르던 노래. '니나노'는 삶의 애환을 해학적으로 풀어내고, 짧은 인생을 사는 동안 유유자적 풍류를 즐기며 즐겁게 부르는 노랫가락이다."라고 말한다. 그러하기에 삶의 고통과 무거운 짐은 신에게 맡기고, 주어진 삶을 즐겁게 살기 바라는 마음을 담았다.

한편으론, 세상을 바라보는 저자의 철학과 비판적이고 날카로운 시선을 온전하게 드러낸다. 정치와 종교의 허虛와 실實을 명쾌하게 설파하고 무섭게 토해내는 독설이 빛난다. 정치, 종교, 사회 지도자들의 위선적 삶을 꼬집으며 거짓 허울을 벗어던지라고 외친다. 세상 곳곳에서 만나는 사람과의 관계에서 빚어지는 다양한 이야기는 우리가 사는 모습을 돌아보고 반성하며 올바른 삶을 생각하게 한다.

이 책을 읽는 독자는 솔직한 내용과 담백하게 쓴 표현에서 청량감과 신선함을 느낄 수 있다. 물방울이 모이면 바다가 되고, 모래알이 쌓이면 태산을 이루듯 이 책에 물방울과 모래알 같은 이야기가 수두룩하다. 한 편의 시나 수필을 읽는 마음으로 숨겨진 뜻이나 의미를 생각하면서 편하게 읽기 좋은 내용이다. 파스칼의 『팡세』처럼 읽거나 '심심풀이'로 부담 없이 읽어도 마음에 남는 지혜서다. 읽고 나면 세상을 다시 보게 되고, 마음 따뜻해지는 훈훈함을 느낄 수 있기에, 감히 일독을 권한다.

2024년 겨울
수필가 김태헌

# 사이클 모임 카페 '자사랑' 라이딩 회원의 글

'니나노'님께서 글을 처음 시작하셨을 때부터 빼놓지 않고 읽은 팬입니다. 모든 면에서 해박하신 줄은 알고 있었지만, 해가 더해 갈수록 놀랐습니다.

해학적인 예화, 시사성 있는 이야기, 종교에 관한 명쾌한 해설, 때론 감상적인 이야기 등 이루 다 열거할 수 없을 정도입니다.

여러 곳을 꼬집기도 하면서, 때론 격려도 잊지 않으시고, 무례한 곳엔 비판과 충고를 아끼지 않으셨습니다.

그러면서도 중간중간 당신이 소속되어있는 동호회 회원들을 챙기는 글까지 접하게 되니, 니나노님과 함께 하시는 많은 분이 너무 부럽습니다.

부디, 오래도록 니나노님의 글을 앞으로도 계속 읽을 수 있기를 바랍니다. 니나노님과 함께 하시는 분들의 건투를 빕니다.

서초동에서 Y. O. K 적음

이제야 접하게 됨을 감사하게 생각합니다.

이제라도 볼 수 있음에 다행이라는 생각에 가슴을 쓸어내립니다.

감동이라 말하기엔 무어라 말할 수 없음을…

곳곳에 숨어 있는 '자사랑 회원'에 대한 사랑과 애정에 무한한 감사를 드리며, 제가 그 속에 있음을 행복해합니다.

저는 언제나 사랑은 주는 것이라 믿으며 행동해 왔음에 자부심을 느낍니다.

앞으로 더욱더 팬이 될 것이란 예감에 전율을 느낍니다.
행복합니다.

2010. 7. 24.
눈망울순

# 삶의 여정

나는 하느님도 못 고친다는 고지식하고 융통성 없는 성격을 가졌다. 세상 이치를 제대로 알고 터득한 존재는 오직 신神밖에 없다고 생각하며 살아왔다. 그런 이유로 낫 들고 기역자도 모르는 무식의 대명사처럼 사는 삶이 편하고 좋았다.

1998년 KBS에서 퇴직한 후, 옛날에 금잔디 다 지우고, 풍류가객으로 사색하며 여생을 살겠다고 마음먹었다. (사)전국자전거사랑연합회 회원들과 자전거를 타고 전국을 여행하면서 아름다운 금수강산에 흠뻑 빠졌다.

이 책은 누구나 아는 내용을 나만의 독특한 시선으로 적었다. 청소년도 세상의 이런저런 일을 참고하고, 다르게 바라보는 시선을 느낄 수 있는 글이다. 그동안 삶의 허허실실을 바라보고 생각하며 깨달은 이모저모를 생각날 때마다 적어두었다가 카페에 글로 써서 올렸다. 뜻밖에도 주위에서 책으로 내면 좋겠다고 권유하였으나 스스로 미흡하다고 생각하며 망설였다. 갈등하다가, 이 또한 삶의 여정이라고 생각하고 자의 반, 타의 반으로 책을 출간하기로 마음먹었다.

독자에 따라 생각이 다르기에 내용에 반감을 갖거나 오해할 수 있다. 80년을 살아오면서 느낀 자연, 인물, 정치, 종교, 사회, 문화 등을 옹고집의 시선으로 바라보았다. 좁은 소견으로 쓴 졸렬한 내용이지만, 심심풀이로 읽어주길 바란다.

출간을 응원해 준 (사)전국자전거사랑연합회 라이딩 회원, 송파구 당구협회 회원과 대양미디어 출판사에 감사를 전한다.

2024. 12.
대모산을 바라보며
오금동 우거에서 김동학

# 차례

## 1
★
### 부처와 예수를 논하다 · 17

니나노 생각 / 물방울의 윤회 / 삶에 관하여 / 부처와 예수를 논하다
/ 중국인 / 옳고 그름 / 육신과 혼 / 인간사 / 행복의 척도 / 스승 /
여성의 변천사 / 대한민국 / 감사하는 마음 / 포장 / 육신 / 꿈의 연
가 / 쾌감 / 짝사랑 / 미인의 척도 / 과욕 / 이런 인간 / 인식 / 편협 /
자부 / 사랑의 세레나데 / 고목의 꽃 / 사랑 / 종교의 '허'와 '실' / 세
월 / 콩깍지 / 인연 / 의식 / 야박한 자 / 가증스러움 / 사기꾼과 날치
기 / 추한 꼴 / 법의 위상 / 자기 자리 / 오늘의 행복 / 잘못된 믿음 /
후광 / 정의와 불의 / 노년기 / 어느 인생 / 일화 / 철학 / '공산주의'
란? / 미비한 존재

# 2
★
## 사랑의 찬가 · 69

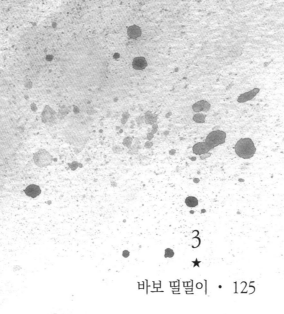

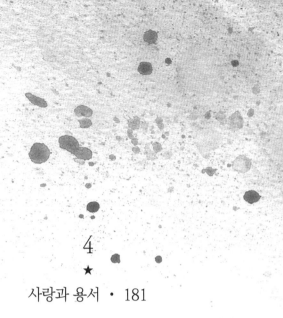

# 5
★
## 사랑의 세레나데 · 237

# 1

★

부처와 예수를 논하다

# 니나노 생각

* '긍정적'이라는 것은 부정을 뛰어넘는 말이다.

* 지구상 최상의 파라다이스는 물욕인 재물이나 영혼을 위탁한 종교보다, 서로 존중하는 인간의 사랑이다.

* 눈을 감을 때까지 배워야 한다. 위대한 성자도 배움과 경험으로 탄생했다.

* 샤머니즘에서 주문·독경·기도는 군중과 자신에게 반복해 소원을 빌며 최면을 거는 행위다.

* 육체는 희로애락을 제공하고, 영혼은 지식을 많이 담을수록 본인의 위상을 돋보이게 하며, 육체가 죽으면 영혼은 연기처럼 사라진다.

* 모든 생명체는 자연 이치대로 살다가 죽지만, 인간은 이성과 감성, 절망과 환희와 희열을 감내하는 인격체다.

* 노력과 희생 없이는 아무것도 이룰 수 없다.

* 죽음·살인·사랑 등등… 생시에 하지 못했던 파란만장한 일들이 꿈속에선 가능하며, 깨어나지 못하면 죽음이니 깨어남을 찬미하고 감사하라.

* 위대한 성인과 강한 단검도 담금질로 탄생하고 만들어졌다.

* 인연은 부정할 수도, 거역할 수도 없는 만남이다.

* 무색무취·만사형통·영원불멸의 신보다 '개똥밭에 굴러도 이승이 낫다.'라는 말이 있듯이 속세에 태어나게 하신 부모님께 감사한다.

* 성경과 불경은 종교에 심취한 신도들이 인간을 선도하는 내용의 메시지를 수록한 최상의 책이다.

* 평범한 사람은 사리사욕에 욕심을 채우고, 현명한 사람은 학식에 관계없이 무소유로 남을 사랑하고 배려한다.

* 사물을 보고 평가하는 태도는 내 그릇과 눈높이에 따라 반영되는 거울이다.

* 부귀영화를 누린, 세상에서 가장 아름답다는 클레오파트라는 39세 때 독사에게 물려 자살, 천하일색으로 칭송받던 양귀비도 40세에 자살로 세상을 하직했다. 여성이 불혹이 넘는 나이가 되면, 여인천하로 용기와 자만심을 가져도 마땅하다.

* '명예'와 '행복'은 지상에서 이뤄지는 것, 사심 없이 깨달을 때에야 두 단어를 품으리.

* 무병장수는 육체가 없는 신만이 사는 세계다.

* 도와 예의 삶은 양념이 배제된 음식과 같다.

* 소우주小宇宙를 품은 경이롭고 위대한 여자의 존재를 칭송한다.

＊충고하는 자보다 충고를 받아들이는 자가 위인이다.

＊순결하고 아름다운 하나님, 부처의 세상, 저돌적이고 난잡한 니나노
세상

＊채울 수 없는 인간의 마음, 개성을 보듬고 가꿔 자기만의 안위의 틀
을 만듦이 행복의 지름길이다.

＊고갈되지 않고 증폭되는 것은 지식과 지혜다.

＊반듯한 이목구비와 세상을 읽는 오감
육신의 조화
오장육부
강건한 육체에 감사한다.

＊시련과 고뇌, 참기 어렵지만 인내하면 보약이다.

＊세월에 육체는 노쇠했지만, 혼이라도 인생의 노하우로 부덕의 소치
를 메우고 치료하라.

＊역경과 고뇌가 현자를 만든다.

＊모든 종교는 인간이 만들었으며, 인간이 없는 종교는 있을 수도 존재
할 필요도 없다.

＊현실에 순응하고 슬기롭게 대처해도 관점이 다르면 냉정하고 무섭다
고 인식한다.

* 진정한 친구는 장단점을 용인해주고 보듬어주는 진실한 사랑이 있어
  야 한다.

* 종교인에게 생애 최고의 선물은, 탐욕과 번뇌를 말끔히 지워주고 천
  당과 극락에 갈 수 있는 죽음이 아닐까?

* 무사안일과 의식주가 해결되는 새장 속의 새. 악전고투로 의식주를
  해결하며 자유롭게 나는 새. 선택은 본인의 몫이다.

* 나의 행복 만들기
  항시 반성하고,
  마누라 잔소리, 지인의 지탄을 담금질로 순화하며,
  클래식을 들으며 사색하고,
  칠순 나이에도 큰 병 없이 藥酒와 예쁨을 즐기며,
  아침에 눈 뜨면 감사하고,
  사심 없는 내 마음의 종교를 믿으며,
  찰나를 행복으로 마감하는 것이 행복이리라.

# 물방울의 윤회

청록색 맑은 하늘에 뿌연 입자들이 모여
솜사탕 같은 구름을 만들고
둘의 만남을 뇌성과 번개로 환호하며
물방울이 되어 지상으로 내려온다.

쫄쫄쫄
소곤소곤
옹알옹알

계곡물
시냇물
강물

고요하게, 때론 세차게 흐르면서
장애물이 있으면 휘돌아 포용하며
대지의 만물을 소생케 하고
바닷물로 생명체를 품어주다가
태양의 강렬한 빛을 받아
하늘로 부상해서 물방울로 윤회하며 말합니다.

'나처럼 살아보라고….'

# 삶에 관하여

살다 보니 불혹이 넘는 나이가 되었지요.
젊었을 땐 정몽주의 의지가 담긴 '단심가'가
늙어서는 이방원이 부른
결탁의 '하여가'가 마음에 와닿습니다.

대중교통 이용할 땐
앉을 자리가 있으면 편안해서 좋고,
자리가 없으면 서서 운동해서 좋고
인사동에 들러 녹두 빈대떡을 먹고
동동주를 마시며 옛 풍물을 봅니다.

경복궁을 돌아보며
이 궁궐도 내 것이라고 자위하며
호랑이는 가죽을 남기고
사람은 흔적을 남긴다는데…

나도 흔적을 남기려
사후에 육체를 의학용으로
병원에 기증하려 했는데
기증받은 시신이 넘쳐 받아주지 않는구료,

허허허허….

# 부처와 예수를 논하다

네팔 왕국의 왕자인 부처는 민초가
병들어 죽어가는 것을 보고 보리수 밑에서 고뇌하며

사람은 왜 병들어 죽어야만 하는가.
살생은 금물이야.
명상을 하면서 인생의 진리를 깨달았는데,
이를 터득하는 과정에 몸은 뼈만 남고
달팽이가 서식해 지금의 머리 모양이 되었습니다.

예수는 목수의 아들로 태어나 아버지의 잔심부름을 하다가
성인이 되어 '하나님'의 아들이라 칭하며
횡포가 심한 권력자와 민초들에게 외칩니다.

"네 이웃을 사랑하라."
"나쁜 짓 하면 하나님이 벌을 주신다."고 설교하다가
청춘에 십자가에 못 박혀 죽었지요.

깨달음의 정진으로 왕관을 버린 부처,
낳고 길러준 부모를 부정하고 하나님의 아들이라고
자처하다 부모보다 먼저 죽은 예수,

두 성인은 부모 마음을 아프게 한 불효자입니다.

# 중국인

중국인의 요리,
장엄한 자금성,
만리장성,
진시황제의 무덤 등 유산들이 즐비하고
대륙성 기질로 '만만디'한 중국인.

섹스를 위해 여자의 발을 '전족纏足'이라는
독특한 모양의 작은 발로 만들고 이빨까지 뽑았으며,
옷은 왕이 한번 입으면 하층으로 물려줘,
옷 한번 만들면 버릴 때까지 빨지 않고 입었지요.

오죽하면,
중국인은 옷도 몸도 더럽고,
한국인은 옷은 깨끗했으나 몸이 더럽고
일본인은 옷도 몸도 깨끗하다 했을까요.

요즘에는
경제발전으로 공해를 뿜어내어
지구를 오염시키면서
황사에 오염물질까지 날려 보내
한국에 피해를 주는 중국입니다.

# 옳고 그름

즐거웠던 행사!
가재 잡고, 님도 보고 뽕도 따며
잊을 수 없는 추억이 되었습니다.

아쉬움이 있다면 여흥 시간에
뼈대 있는 사람이라고 외면하며
뼈처럼 굳어가는 모습이 보입니다.
그 시간은 가고 영원히 오지 않는데….

황희 정승의 일화가 생각납니다.
어느 날, 하인들이 싸워서 왜 싸우느냐고 물으니

하인1. 어쩌구 저쩌구.
정승 왈. "네 말이 맞구나"

하인2. 저쩌구 어쩌구.
정승 왈, "네 말도 맞구나"

옆에 있던 부인이 "다 맞다하면 누구 말이 맞습니까?"라고 물으니 "부
인 말도 맞구료."라고 대답하였다지요.
뼈대 있는 말도 맞고, 내 말도 맞습니다.
세상사 옳고 그름의 기준이 무엇인가요?

# 육신과 혼

인간으로 잉태하면
혼은 육신의 뇌 속에 함께 자리하지요.

아기 땐 육신은
모든 사물과 형상을 보게 하고 혼을 가르칩니다.

철이 들면
혼이 육신을 지배하면서
사랑,
마음,
욕망 등등 완성된 인간을 만듭니다.

가는 세월에
육신이 노쇠하면 혼도 같이 하며
육신이 '졸卒'하면, 혼도 육체와 같이 영원히 죽습니다.

살아서
존재하는 현실에 감사하며 열심히 살아야겠습니다.

# 인간사

모든 동 · 식물이
후세를 만드는 것은 자연의 이치며,
동물의 영장인 사람만이 감성과 이성이 있어
희로애락으로 영도자, 작품 등
여러 형태의 흔적을 남기지요.

처와 자식 부양하지 못하는 신부와 수녀님,

육식도 먹지 못하고
남녀 간의 사랑도 나누지 못하는 스님들을 떠올려봅니다.

어떤 이들은 속세가
천당이고, 극락이며 지옥인 줄 모르고
육신이 없는 영혼만의 세계에서
행복을 누리겠다고 과욕을 부리지요.

니나노는
육신이 존재하는 속세에서
사랑을 나누고, 먹고 마시며
가까이 있는 이웃과 정담을 나누며 열정으로 살다가
'졸卒'하려고 노력하며 진행 중입니다.

# 행복의 척도

과욕 덩어리의 인간

하나님이 지구를 줘도 더 큰 별이 많은데
좁쌀만한 것을 줬다고 원망하며 불행을 자초하지요,

감사할 줄 아는 사람은
따스한 말 한마디와 빵 한 조각과
고기 한 점에도 행복함을 느끼지요.

잘됨은 당신에게 있고 받는 것보다 베풀면
온정이 흐르고 행복이 가슴에 가득하지요.

헤르만 헤세는
행복을 찾아 '산 넘고 물 건너
행복을 찾으러 갔으나 못 찾고,
집에 오니 행복이 집 안에 있다.'라고 했지요.

자기 마음속에 모든 행복과 불행이 존재하니
자기의 행복을 만들어 신선같이 살아보세요.

# 스승

태어나면
부모 형제가 있고,

사는 동안
생존하는 만물과 세상살이가
모두 스승이 되며

옳고 그른 것을
보여주며 깨닫게 합니다.

어리석음과 잘못함을
감싸주고 잊어준
모든 사람에게 감사하고,

잘못된 점이 있으면
빨리 뉘우치고 바로잡아

오늘도
세상의 이치를
스승이라 생각하고 배우며 반성하리라.

# 여성의 변천사

우리나라 모체가 된 육지

동예 때부터 불교를 국교로 정하고
모계사회로 처가살이하다가
아기를 낳으면 본가로 왔습니다.

조선시대
불교를 배척하고 유교를 국교로 정하였습니다.

칠거지악,
남존여비 사상을 만들어
'암탉이 울면 집안이 망한다.'라며
여자들을 하대하고 남성 상위시대로 군림하였는데,

지금은 다시 여성 상위시대로
남자들을 기죽이고 초라하게 만듭니다.

교양 없고 중뿔난 여자일수록
난잡하게 고성방가하고,
이젠 암탉 세상이라고 뽐내면서
안하무인격으로 대합니다.

# 대한민국

신라가
중국의 힘을 빌려 삼국을 통일하였지요.

광활한 고구려 땅을 헌납하고
왕위도 인준 받았던 조선.

일본의 강점기,
동족상잔의 분단국가,

이승만 독재,
박정희 유신독재,
전두환 철권독재,

학생들에 의해 독재자들이 제거되자
어부지리로 권력을 잡은 생선가게 고양이 같은 위정자,

무지한 기성세대는 저마다 애국자라고 떠벌리지요.

어리석은 국민이 선택한 파렴치한 정치인과
나의 이익만을 추구하며 아귀다툼하는 오늘의 대한민국.

언제쯤이나 정의로운 나라가 될까요?

# 감사하는 마음

여명이 밝아오면
살아있음에 감사하며
사색에 잠깁니다.

망망대해에
조각배 같은 인생살이로
풍랑 속 시련을 극복하고
오뚝이처럼 살아왔습니다.

사노라면
말 못 할 사연과 고통이 와도
겸허하게 받아들이고

나를 사랑하는 사람들 덕분에
내가 존재함을 인식하면서 희망을 가졌지요.

살맛 나는 세상!
창 밖에 비가 내립니다.

# 포장

종교에서
죽은 자의 영혼과 하느님이 살아있다고 포장.

가스층으로 포장된 태양이 폭발하며
그 열기와 빛으로 지구를 밝히고

산소와 물,
동식물을 살아 숨 쉬게 하고
만물을 생존케 대기권으로 포장된 지구,

위선
갈등
요조숙녀
물건들 등등

포장 안 될 것 없는 요지경의 인간사.

한번 사는 세상!

거짓에 포장의 삶이 아닌,
진솔한 포장의 삶이 소망이고 행복입니다.

# 육신

이목구비와 오장육부,
탄력성 있는 피부로 결합된 성스러운 몸!

과음
과식
탐욕으로 혹사해도 강건하게 지켜주는 몸!

우람하고 단련된 터질 듯한 근육질

온갖 사물을 다루고 창조하는
손과 발의 마술 같은 조화!

오감으로 보고 느끼는 육신

특히 신비스럽고 오묘한 여체,

애틋하고 정열적인 환상의 세계로
황홀하게 유혹하고 아기도 탄생합니다.

잘 가다듬고 가꾸어서
'졸☆'할 때까지 건강하게 육신을 보호해야죠.

# 꿈의 연가

비상합니다.
끝없는 허공과 드넓은 대지 위를…

이룰 수 없는 님과 달콤하게 사랑도 나누고,
복권도 당첨되는 무아지경의 행운.
봄날의 허무한 꿈!

하는 일마다 안되는군요.
말 타면 낙마하고,
도망가려고 해도 오금이 떨어지지 않고,
어이할꼬, 헤어날 수 없습니다.
휴~ 무더운 여름날의 꿈~

소외당하고 님도 떠나
공허한 마음에 애가 끓습니다.
싸늘한 가을날의 꿈~

노력하지 않고 얻은 재물로
흥청망청 방탕하다 불행을 자초해
'이 세상 하직이야!' 절규합니다.
꽁꽁 언 겨울날의 꿈!

# 쾌감

청명한 아침

이름 모를 아름다운 새소리와
상쾌한 바람이 온몸을 감싸주고

다정다감한 말
맛있는 음식
짜릿한 감촉의 스킨십.

님과 함께
통닭을 안주 삼아
소맥을 마시면서 눈 마주치며

시시콜콜한 말도 달콤하게 들려

쾌락에 빠지면 원 없이…
온 세상이 내 것입니다.

가슴을 쭉 펴고
미래를 향해 쾌감을 포효합니다.

# 짝사랑

과거와
현재에도
진행 중인 짝사랑은
사모하고 흠모하지만.

안타깝게도
상대방은 인식하지 못하는
메아리가 없는 허공 속의 외침이지요.

선비를
짝사랑한 아녀자가 사랑을 고백했는데,
선비는
남녀부동석이라며 거절,
아녀자를 자살케 하였다지요.

짝사랑!

생각하지 않을 수도,
버릴 수도 없는
나 홀로 얄미운 짝사랑입니다.

# 미인의 척도

삼단 같은 검은 머리카락
초승달처럼 예쁜 눈썹
진주알을 닮은 까만 눈동자와 총명하게 빛나는 눈
작고 오뚝한 코와 앵두 같은 붉은 입술
발그레한 뺨에 동그란 턱
감춰진 젖무덤에 박 속 같은 뽀얀 살결
수채화 같은 한국의 전통 미인상이지요.

현재 미인상, 미스코리아의 얼굴을 봅니다.

메스를 대서 만든 똑같은 얼굴들
형형색색 망가진 머리카락
옛적에 쌍놈의 눈이라던 딱부리눈
높이 올린 팔자 센 높은 코
소피아 로렌을 닮은 홀랑 뒤집은 아랫입술
잠옷보다 야한 옷을 입고 소불알만 하게 젖을 부풀리고
뽕 넣고 망아지처럼 뛰며
씰룩씰룩 설쳐대는 현재의 미인상입니다.

고유한 우리의 미인상이
처참하게 망가진 꼴을 보니 안타깝지만,
변천하는 세월 앞에 어쩔 수 없음이 안타깝습니다.

# 과욕

TV 뉴스를 보고 신문 기사를 읽으며
유명 인사와 지도층의 패널들을 보면서
나도 그들처럼 과욕을 부려봅니다.

지위가 높아 봤냐?
도둑질에 이혼도 몇 번씩 해 봤냐?
그럼, 가짜 박사학위라도 있냐?
이런저런 등등…

학식도 있고 경험해 봐야
말하고 꼬집는 표현도 하지요.

띨띨한 게 과욕은 어불성설입니다.

정신이 번쩍 들어 현실을 바로 보고
짤리기 전에 직장 동호회에서
이쁜이들과 자차 타면서
허허실실, 껄껄거리며
웃고 살겠다고 중얼거립니다.

송충이는 솔잎을 먹고 살아야지요.

# 이런 인간

모습은 나긋나긋하고
말과 글은 달콤 번지르르하며
카멜레온 같은 얼굴로
세상에서 가장 자상한 척하지만, 욕심이 하늘을 찌릅니다.

삐죽빼죽 말 뼈다귀 같은
거친 몸매를 자랑하는 볼썽사나운 자태.

옹고집에 헤벌레 웃고 게걸스럽게 먹는 모습.

눈알을 빙글빙글 굴리며 자기 이익만 추구하는 기회주의자.

못난 짓거리를 자랑하고 뽐내며
자기 죄를 알지 못하는 한심한 인간,

힘 있는 자에겐
간드러진 웃음으로 일관하며 혀같이 놀고,
약한 자에겐 하대하고
마귀 같은 형상으로 껄껄껄 웃으며 군림하죠.

세상은 정말 관대합니다.
요런 친구들이 활개 치고 떵떵거리고 사니깐 말입니다.

# 인식

광해군!
왕으로 인준하지 않는
중국과 권력자들을 내치려다 실패한 군주지요.

독재정권이 무너지고
노무현이 정권을 이양 의롭다고 자부했지만,
미흡한 정치개혁이 광해군 시대를 보는 것 같군요.

권력과 부패로 찌든 위정자와
기성세대들이 갑자기
'물이 맑아 못살겠다.'고 아우성치며
노 정권을 흔들어 대면서 자기만 옳고,
자기가 용의 머리라고 떠벌리는
혼란스러운 한국의 정치 현실,

영국이
300년 시행착오를 겪으면서
다듬어 만든 민주주의가
우리나라에서 몸살을 앓습니다.

민주주의 본질을 인식하는
성숙한 국민이 되었으면 합니다.

# 편협

곁에만 있어도 좋은 사람.
받지도 주지도 않지만, 무조건 싫은 사람.
달면 먹고 쓰면 뱉는 행위는 인지상정!

장님들이
각자 만져본 부위가 코끼리라고 말했다지요.

자기의 사고방식이 옳고
내 말이 정답이라고 주장합니다.

무지의 소신으로
편협하지 말고 상대방의 말도 경청해
나의 부족함을 인식했으면 좋겠습니다.

굼벵이도 구르는 재주가 있지요.

'죄 없는 사람은 창녀에게 돌을 던져라.'라는
예수의 말과
'너 자신을 알라.'는
소크라테스의 말을 떠올려봅니다.

# 자부

잘났던 못났던 내가 제일이야!

가수는 자기 노래만 부르지만,
나는 수십 명 가수의 노래를 부를 수 있고,
뭇 사람들은 자기 전공만 잘 하지만,
난 두루두루 섭렵하지요

사생활도 없고 가족까지 챙기지 못하며
매니저와 비서가 짠 스케줄대로 사는
꼭두각시 같은 공인의 인생.

난, 내 맘대로 일하고 잠자며
정다운 친구들과 이쁜이도 만나고 프리덤이야….

스님은 절간,
신부와 목사는 교회로 생활이 한정적이지만,
난 맘대로 신도나 불자도 될 수 있지요.

살맛 나는 세상!
춤추며 마음껏 즐기며 우물속도 세상보다 넓다 자부하지요.

니나노, 너, 잘 났어…!?

# 사랑의 세레나데

짝사랑인 나 홀로 사랑
저절로 자식 사랑
노력해야 하는 부모 사랑
부부의 사랑
애정이 있을 땐 무조건 행복하고 좋지요.

지치고 사랑이 식으면
'나 좀 내버려 주오'라며 자유롭고 싶어 합니다.

그러나 자식. 우정. 봉사의 사랑은
식을 줄 모르고 영원하지요.
주고 베풀면 몇 곱절로 내게 돌아옵니다.

사랑하는 연인이여!
나이는 숫자에 불과하다오.

해바라기. 민들레, 할미꽃
꿈속의 사랑도 좋습니다.

영원토록
식지 않고 변하지 않았으면 하는 바램이라오.

# 고목의 꽃

나이 먹어 직장에서 짤리고
오만과 독선. 교만함도 무너져
공허한 마음을 쓸어안고
'그래, 옛날에 금잔디 동산이지!'
'세상은 다 그런 거야!'라며
자학하며 마음을 비우고

니나노는 아무 생각 없이
있는 듯, 없는 듯, 허허실실 지냈죠.

지인이 니나노를 부추깁니다.

"글을 써 카페에 저장하라!"

꺼져가는 마음에
휘발유를 뿌려 타오르게 하고

고목에도 꽃이 핀다고
띄워주면서 채근하는 구료.

'기 살려 매진하라!'
기회는 아무 때나 오는 것이 아니라고….

# 사랑

세상 살면서
'사랑'이라는 단어를 빼면
좋아한다는 말을 어떻게 표현할꼬?

"나, 너 좋아해"
"보고파서 미치겠어."
"내 마음, 네가 알어?" 등등

말 한마디로
"사랑해" 하면 될 걸
복잡한 수식어로 표현하게 되지요.

말만 듣고 단어만 봐도
아름답고 설레게 하는 '사랑!'

"내 몸같이 이웃을 사랑하라!"
"네가 너를 사랑하지 않는데,
어찌 다른 사람이 너를 사랑 하겠느냐?"

포옹하며 사랑에 투자합시다.
저 멀리서 사랑이 나를 부르며 윙크하는군요.
빨리 가야겠습니다.

# 종교의 '허'와 '실'

어떤 못된 신부가
천당행 티켓을 팔며 여자들을 겁탈하고,
십자군을 만들어
타 종교인은 사탄이라며 살육을 자행했죠.
이래선 안 되지, 개신교로 종교개혁!

하느님과 직접 대화
머니는 잠자리채에,
성직자에게 결혼 허락.

너도나도 자기 종파를 마구 만들어
수없이 많은 번쩍이는 붉은 십자가 불빛.

입시 때나 어려울 때 하느님, 부처에게
타인은 죽든 살든 염두에 없고
나와 가족에게만 소원성취를 청탁

부인이 절간에서 100일 기도를 해
'씨 없는 남편?'
자식이 생겼다고 동네방네 자랑을 하지요.
귀여운 내 새끼… 어~ 아무도 안 닮았잖아?
남편 발가락을 닮았어요.

# 세월

인생무상~
앙앙 울더니, 아니, 벌써 노년기!

지난 세월을 뒤돌아보니
서글프고 괴로웠던 일

안되면 되게 하자 채찍질하며 살아왔지요.

굽이굽이 얽히고설킨 희로애락
띨띨 맞고 부끄럽기에
돈키호테처럼 살아온 날들이
주마등같이 스쳐갑니다.

꾸밈으로 건강하고
남에게 꾸러가지 않음을 감사하며
더 늙기 전에 바람에 구름 가듯
유유자적 마음 비우고 베풀면서 좋은 일만 생각하고
나를 아는 지인들과 우애를 돈독하게 쌓아가며
남은 인생 보람 있게 살아보렵니다.

# 콩깍지

콩깍지 안에 콩이 영글었는지
쭉정이인지, 썩었는지 미처 알 수 없지만,

이해타산 따지지 않고
무조건 좋아하는 것을 비유해 콩깍지 씌었다고 하지요.

열 길 물속은 알아도 한 길 사람 속은 알지 못하고
화투를 치거나. 술을 마셔봐야
그 속을 다소 알 수 있으며
지내보고 살아봐야 속속들이 알게 됩니다.

자식 낳고 법에 꼭꼭 묶여 살면서
"이 인간아~ 내가 콩깍지가 씌었지…."라고
한탄도 하지만,

다반사 콩깍지에 눈꺼풀이 씌어서
세상물정 모르고 사는 것이 인생이지요.

콩깍지 씌워진 실체를 하나하나 벗겨가면서
장점만 보고 행복하게 살기를 두 손 모읍니다.

# 인연

옷깃만 스쳐도 인연!

어떻게 대처하고 받아들여서
좋은 인연으로 연을 맺을 수 있을까?

적과 동침도 인연이기에 만나지요.

인연이 아니면
손에 쥐어줘도 모르고,
황금이 있어도 보이지 않습니다.

인연이 된다면 사랑하고 감싸안아서
좋은 인연으로 만들기를 강하게 권합니다.

# 의식

만약 나 혼자서
열대지방의 무인도에 산다면
치장이 필요 없겠지요.

발가벗고 열십자로 누워도,
용변 볼 때도 부끄러움을 모르는 원숭이처럼 살겠지요.

분칠하고 좋은 옷 입으며
행동거지를 반듯하게 하고 멋지고 고고하게 걸으며
예의 갖추고 산다는 것도 모두 남을 의식해서 하지요.

잘났다고 멋대로 행동하며
철학을 공부하고 예술을 한다며 색다른 치장

볼썽사나운 꼴불견으로
남을 의식하지 않는다고 함도
사실은 그 나름대로 의식하고 있는 것이지요.

천태만상, 요지경 속 인간사입니다.

# 야박한 자

"저녁 식사나 드시러 가시지요?"
"어제 과음해서 속이 더부룩하군."
한 번도 돈 낸 적이 없는 분이 신통방통하더군요.

손가락에 순금덩이 · 금팔찌 · 황금 목걸이.
소주를 물 마시듯 마시고
음식은 게걸스럽게 쩝쩝 먹으며 친구 자랑을 합니다.
서울역에서 안 것도 친구냐?

세금 많이 냈다고 자랑하며
"오늘 내가 쏘지." 지갑만 꺼내어 돈은 내지 않고
음식을 탓하며 종업원에게 시비를 겁니다.

계산하고 나니 "원 사람!! 내가 쏜다니깐."
희죽 웃으며 "다음엔 내가 쏘지."라며
예전과 다름없는 행태를 보여줍니다.

어느날 부고장이 왔지요.
그 친구 '졸'했다고,
문상 갔다가 씁쓸히 나오는데 고함이 들려옵니다.

자식들, 부좃돈을 자기가 관리하겠다고…!?

# 가증스러움

천사 같은 미소와
친절하고 간드러지게 웃음 짓는 그 사람.

자기 자신과 가족을
자랑스럽게 말했던 그 사람.

가장 가까이 있는 사람을 실망토록 하고서도
소외당하면서 봉사 활동을 한다며

성경책을 옆에 끼고
근엄한 표정으로 교회에 가는군요.

말이 없는 주님과
곁에서 지켜보는 사람들도
알 것은 모두 아는데도 말입니다.

사람은 사귈수록 정이 두터워지고
믿음으로 우정을 돈독히 해야지요.

알수록 실망을 주는
가증스러운 사람을 적어봅니다.

# 사기꾼과 날치기

친자매보다 우애도 두텁고 손발 같은 사람
적은 돈을 자주 빌려 제날짜에 반드시 갚고

이자와 선물은 푸짐하게 주며
몇 년을 두고 공들이며 신용을 두터이 합니다.

"50억 들여 건물을 증축하는데 3억이 모자라요,
며칠 내 은행에서 대출받는데
융통 좀 했으면 해요. 사례는 톡톡히 할게요."

"우리 사인데 별 소릴 다 하네, 알았어!"

돈 받은 사람, 즉시 사라집니다.
이것이 지능적인 사기 수법이지요.

건장한 사나이들이 버스에 탑니다.
버스가 설 무렵. "아주머니 발밑에 돈 떨어졌어요."
머리를 숙이는 순간, 한 녀석이 목걸이를 채서 내리면
사내들이 차 문을 막고 소리소리 지릅니다.

"저 날치기 놈 잡아라!"
이것이 신종 날치기 수법입니다.

# 추한 꼴

앞에 앉은 아가씨
명품 핫 팬티 자랑하듯 다리를 쫙 벌리고
껌을 쩍쩍 씹다가 침 흘리며 졸다 내리니
먹다 놓고 간, 빈 깡통이 뒹굽니다.
고얀 것.

음식물 입안에 가득 넣고 쩝쩝 먹으며
반찬을 뒤적거리며 집었다 놓고 상 위에 질질 흘립니다.
보기 민망하군.

손가락으로 한쪽 코를 막고 누런 코를 '횡'하고 풀더니
다른 사람이 담배꽁초 버린 것을 보고
'공중도덕을 모르는 놈의 짓'이라고 나무랍니다.
똥간이 잿간을 흉보듯 하군요.

공공장소에서 깔깔, 껄껄거리고
술에 취해 남대문표 말투로 시끄럽게 떠벌리면서
시시덕거리며 소란을 피웁니다.

대낮에 술에 취하면 아비도 몰라본다는 말이 있지요.
본인은 무식 야박하면서 남의 잘못을
비아냥거리고 지적하며 큰소리로 꾸짖는 추한 꼴을 봅니다.

# 법의 위상

법칙을 무시하면
자기 자신과 다른 사람에게
돌이킬 수 없는 막대한 피해를 주지요.

약물 중독
사기
도둑질
환경 파괴 등등

법을 지키지 않고
문제를 야기하면 죗값을 묻는 법.

민주주의 법률은
전문가인 법조인들이 조문을 가다듬고 보완하여

국가를 수호하고 국민의 안전을 보장하며
사회 질서를 유지하고
우리, 모두가 잘살도록 만든 법칙입니다.

생존권은 물론 평등을 보장 해주는 법을 준수해
선진화된 참된 민주주의를 꽃피웠으면 합니다.

# 자기 자리

옛적에
쌍놈이 돈으로 양반이 된 일화가 전해옵니다.

삼복더위에도 갓 쓰고 도포를 입고
다급해도 뛰어서는 안 되는데,
까막눈에 양반 말투를 알아야지.

아~ 옛날이 그리워라.

더우면 옷을 훌러덩 벗고
급하면 뛰고 희희낙락
보리밥에 열무김치 쭉쭉 찢어
입 벌리고 먹던 그 시절,
그곳이 내 자리인 것을….

미세한 먼지부터 웅장한 산천까지
버팀목으로 자리를 지키고
묵묵히 일하는 민초들이
자기 자리에서 매진하여
나라와 사회를 형성하지요.

# 오늘의 행복

청명하고 상쾌한 아침
잉어가 펄떡이는 시냇물을 따라가며
지저귀는 새소리와 들꽃의 향기 속에
바람을 가르며 하이킹하는 맛!

시원한 동치미 막국수에 정겹게 나누는 소주 한잔.
선배가 내 것까지 지불했지요.

강바람 부는 다리 밑에서
'부라보콘' 하나씩 냠냠 먹으며 생각합니다.

일생동안
친한 친구 셋만 있어도 성공이라는데,
나는 왜?
이렇게 친한 친구가 많은 거야….

집에 와서 땀에 젖은 몸을 씻고 조그만 회전의자에 앉아
영지 끓여 냉장고에 넣어둔 시원한 물을 마시며
다정한 벗과 못다한 이야기를 통화하고 오수에 빠져듭니다.

무릉도원이 따로 없구나.
여기가 바로 무릉도원일세.

# 잘못된 믿음

'하느님'과 '알라'
똑같은 하느님을 인간이 둘로 만들어
나와 견해가 다르고 내 뜻대로 안된다고 싸움질하며
살육을 자행하지요.

원래 '하느님'이나 '알라'를 만든 것은
물욕에 빠진 인간에게 벌하고
미약한 인간에게는 용기를 주자고
존재하지 않는 무한대의 힘을 가진 종교를
인간이 만든 것입니다.

무소유의 스님들도
이권 때문에 몽둥이 들고 싸움질하고
주를 앞세워 구원하겠다는 목사가 영웅 심리로
아프가니스탄에 선교하러 갔다가 인질이 된 그들!

우리나라에서도 얼마든지 봉사할 수 있는데,
차라리 이북에 가서 봉사하지!

가족들에게 절망과 슬픔을 안겨준
참으로 안타깝고 어리석은 자들입니다.

# 후광

아기들은 낯선 얼굴만 봐도 울고 웃습니다.

성인이 되면
추함과 진솔함을 감지하는 후광이 관상입니다.

소련의 사진작가가 얼굴에 후광을 찍어
'오라'라 명하고 발표했는데
예수 · 부처 · 공자 등 성인의 얼굴 뒤에
둥근 원형의 후광을 보았을 것입니다.

최대 크기는
성자가 70센티미터 발하고
시체는 0센티미터이지요.

보통 사람들도
70센티미터 미만에서 0센티미터 사이며,
관상은 후광을 보고 판단하고 평합니다.

나의 후광 크기는 과연 얼마나 될까?
옷으로 치장하고 분칠로 다소 커버는 하지만,
내면에 지성과 감성을 겸비한 후광이 있어야겠지요.

# 정의와 불의

'정의'와 '불의'가 함께 하는 인간사!

도둑 소굴에서는 도둑질을 잘해야 하고
깡패 집단에서는 살인마 같고
주먹 잘 쓰는 것에 영웅 대접.

집단이나 국가 간에는
싸워서 살육하고 승리하면 정의,
실패하면 반역이 되고 맙니다.

시대를 풍미하고 장악했던 위정자들은
자기가 가장 정의롭다고 역설하지만,
정당성은 역사가 말하죠.

그러나 불의보다 정의로운 사람들이
더 많이 있기에 더 나은 세상이 유지되고 지속됩니다.

꿩이 급하면 머리를 처박고,
어리석은 자는 두 손으로 얼굴을 감싸면
뭇 사람들이 모를 줄 알지만, 못난 바보짓일 뿐이지요.

# 노년기

왕성했던 패기와
싱싱하고 탄력 있는 육체

성실하고 촉망받는 인격체로
열심히 살아오면서
노인들이 "넌 젊어서 좋겠다." 하였지만,
그때는 몰랐지요.

늘어진 피부,
침침한 눈엔 돋보기안경,
입맛을 잃어 먹는 둥 마는 둥

옳은 말을 해도 눈총 받고
쉰 목소리에 떨리는 음성으로 고함치듯 말하며
오장육부가 기능을 상실하니 냄새가 난다고 하네요.

남은 인생
내 몸 건강하게 추슬러
가까이 있는 사람부터 사랑하고
의연한 자태로 노년기를 즐기길 소망합니다.

# 어느 인생

왕자처럼 태어났으나
아기 때 아버지를 여의고
어머니는 병들어
외가에서 개밥에 도토리 신세가 되었지요.

부모와
아는 모든 사람을 원망하고
처지를 한탄하면서
홀로 한없이 울고, 또 울었지요.

어느 날 결심합니다.
'아냐, 건강하게 낳아준 부모님께 감사하고,
내가 나를 존경한다.'라고 결심합니다.

지식은 책으로부터 터득해야 해!
유명인들이 쓴 모든 서적을 독파.

세상은 각박하지 않고 관대한 거야.
시련이 스승이 되어 지금의 그를 있게 했지요.

노년에 내 몸, 처, 자식 건강하고
꾸려가지 않으니 잘 산 인생입니다.

# 일화

회사에 근무할 때,
어느 지인이 책을 빌려 달라기에
내가 재미있게 본 철학에 관한 책을 빌려주고
며칠 뒤에 만나 "책, 재미있지요?"라고 물으니
"김 P.D 너무 심오해서 한 줄도 못 읽었네요."라며
웃음으로 화답했죠.

친구가 우주에 관한 책을 권하기에 보니
우주에는 왕별과 조그만 별이 있고
은하계가 수천 개가 있다는
4차원 내용의 글만 있어 접으면서 지인을 떠올렸죠.
'맞지 않는 책을 권했다고?'

"도올 김용옥 교수는 변화무상 박식하고,
내가 제일 좋아하는 사람"이라고 칭찬했더니
친구 왈, "주제넘고 건방지다."고.
일침을 놓는구료.

저마다 생각의 사고가 다름을 느낍니다.

# 철학

'철학'이라면
사람들은 딱딱하다 생각하지만,
인간사 철학이 없다면, 동물이나 식물과 같고
자연의 아름다움과 다양한 물체를 보더라도
감정과 느낌이 없겠지요.

'인간은 왜 살고 죽는가?'
'사랑은 왜 하는가?'
'아기를 낳기 위해서, 즐기기 위해서!'
'밥은 왜 먹는가?'
'살기 위해서!'
물음표와 느낌표가 철학을 대변합니다.

다재다능한 묘미를 맛볼 수 있으며,
산전수전 겪으면서 희로애락이 함께하는 삶.
그 자체가 곧 철학입니다.

특히, 불교는 철학의 종교며,
샤머니즘은 철학을 배제한 종교입니다.

# '공산주의'란?

공산주의는 천주교 조직을 모태로
독일의 경제학자였던 칼 마르크스가 만들었고.

소련의 레닌이 공산주의 이론을
처음 인용하여 공산당을 조직했습니다.

모든 재산은
국가가 관장하고 만민은 평등하다는 공산당.

천주교는 교황 위에 하느님이 있는데,
공산당은 '주석'이 왕이고 하느님이며,
반대하는 자는 인민재판으로 '반동'이라 숙청합니다.

가난한 다수의 인민과
무지한 하인들이 주축이 되어 공산당을 이끌고
구호는 강하게, 색은 붉은색,
그래서 '빨갱이'라고 부르죠.

김일성은 공산당을 이용한 유아독존,
하느님보다 쎈 군주였습니다.

# 미비한 존재

무한대의 우주엔
은하계가 수없이 있고
태양계 속에 우주가 존재하지요.

비행기 타고 밑을 내려다보면
산천과 건물은 보이지만,
미세한 먼지같이 보이지도 않는 인간이
속이고 속으면서 사랑이니 미움이니
아옹다옹 아귀다툼하며
천태만상으로 살고 있지요.

나는 어떻게 살아왔는가?
영글지 않는 이삭처럼 잘난 체하며
좁은 생각의 삶을 살아왔지요.

지금이라도
안목을 넓히고 보충해서 미비함을 채워야겠습니다.

# 2

★

사랑의 찬가

# 황금의 나이

이순을 넘은 나이,
옛날 같으면
'이빨 빠진 호랑이' 취급을 받았지만,

지금의 현실은
'젊은 오빠', '언니'로 부르니
남은 인생 어떻게 관리하고
멋지고 신바람 나게 사느냐가 관건입니다.

그토록 건강하고
자신만만해하던 분들이
나이 70을 넘어서면서
체력의 한계를 느낀다며
풀 죽어 있는 모습은
남의 일이 아니라 미래의 내 모습이지요.

그래서 자신을 채근합니다.

60대의 황금의 나이를
헛되게 보내지 말고
멋진 일과로 유용하게 살라고….

# 청상과부의 한

가난한 집에
남편 얼굴도 모르고 시집와서
젊은 나이에 남편과 사별하고
늙은 시부모와 어린 자식의 가장이 되었더군요.

시어머니 잔소리를 노래 삼아
어린 자식 등에 업고 길쌈을 매며
님이 보고 싶으면 바늘로 허벅지를 찌르고
잠 못 이룬 한.

시부모 여의고 아들딸 출가시켜
이제 나도 자유롭게 살아보자 했건만,
자식들 맞벌이한다고 손주들을 떠넘깁니다.

손주들 장성하고 힘없고 쓸모없자
자식에게 등 떠밀려 쪽방 신세로 지내다가
침 삼킬 기력조차 없어 기도가 막혀 홀로 '졸'합니다.

기구하게 살다가 간
청상과부 일생이 안타깝습니다.

# 죄를 가장 많이 진 자

초롱초롱 아름답고 귀여운 아기.
"고 녀석 참 영리하고 똑똑하게 생겼군!"
"앞으로 대통령 아니면, 장군감이야."
온몸에 찬사를 받았죠.

영리한 고놈
저금통을 귀신같이 털고요,
공부는 하지 않고 동료 학생 지갑 슬쩍.

철이 들면서 집안의 재물은 자기 것,
이 집, 저 집 신통방통하게 드나들다가
교도소행.

집 떠난 지 몇 해,
찌든 몸으로 나타나
일가와 친지에게 골고루 폐를 끼치며
부모 형제와 뭇사람들을
죄짓게 만든 천인공노한 놈!

# 직분

공공장소에서
청소하던 청소부가 투덜거립니다.
휴지를 마구 버렸다고?
깨끗하면 짤리는 것을 모르는 모양이군요

공원에서 비어있는 의자에 앉자
가게주인이 짜증스러운 어투로
"여기, 왜 앉느냐?"고 나무랍니다.
적반하장도 유분수지,
우리가 낸 세금으로 조성된 공원에서 장사하면서
누가 누구를 나무라냐!

눈감아주고 공공연히 검은돈 챙기고
우쭐대며 과시하는 일부 몰지각한 공무원,
국민의 세금으로 월급 주면서
국민에게 봉사하라고 했지
슬쩍 하고 군림하라 뽑았냐?

후진국일수록
공직자가 직분을 망각하고
구태의연한 자세로 국민에게 상관 노릇을 합니다.

# 제자리

잡초는 황폐한 대지를
푸른 초원으로 만들고 동물의 먹이가 되지만,
논밭에 있으면 잡초라서 뽑히고 맙니다.

회초리는 교육의 훈장감이고
기둥 대들보는 집의 버팀목이지요.

느티나무는
새들을 품고 사람들의 쉼터가 되지요.

어리석은 인간은 우왕좌왕 탈도 많고
남의 탓만 하며 허송세월합니다.

용기와 희망은
누가 주는 것이 아니기에
늦었다고 느낄 때가 시작해야 할 때라 생각하고
긍정적인 사고로 매진하면 제자리를 찾지요.

니나노 자리!

시집간 딸이
쓰다 놓고 간 조그만 의자입니다.

# 시야

사노라면
여러 행태의 사물을 만나고
자신의 마음가짐에 따라
세상만사가 달리 보입니다.

눈에서 멀어지면 마음도 멀어지고
모든 사물과 사람을 잃게 되지요.

마음의 창, '눈'

눈 뜬 장님이 되지 말고
시야를 넓혀
광범위하게 사물을 관장해
보람 있게 살기를 염원합니다.

# 환란의 희생자

중국 사신들이 오면
여자들에게 고쟁이만 입히고,
큰 절을 하도록 하여
가려놓은 신비가 드러나 여성을 음미케 했습니다.

사신들이 말과 여자를 탈취해 갔고
잡혀간 여자들이 목숨을 부지해 고국에 오니
'화냥녀'라고 천대하였습니다.

임진왜란, 한일병탄으로
쪽발이에게 나라를 잃고
굴욕적으로 비참하게 살아온 조선인!

김일성의 침공으로 동족상잔
좌익과 우익으로 편을 갈라
무참히 살육했던 6·25 참상의 희생자들.

민주주의로 오는 길목에서
'독재 타도!'를 외치다가 희생된 학생과 지성인들.

그 현실에 어쩔 수 없이 당해야 했던
통분의 환란에 희생된 무고한 백성입니다.

# 재주와 끼

수줍게 미소 짓고
얼굴에 발그스레하게 홍조를 띠며
아무것도 하지 못할 것 같은 요조숙녀

모진 풍파에도,
가정을 지켜온 강한 현모양처!

천의 인간 목소리를 가진 성악가

각종 종교의 성직자

글쟁이

환쟁이

발명가 등등

천태만상
재주와 끼는 발산되며 표출하지요.

견줄 수 없는 걸작품
인간의 '재주'와 '끼'입니다.

# 불교의 법도

불살생
무소유
중생에게 읽히고 실천하라!
불경의 구절이지요.

절에 사나운 짐승들이
접근하지 못하게 내는 '풍경소리'

스님의 지팡이와 신발에 매단 방울 소리는
짐승이나 곤충들이 도망가서
발에 밟히지 말라고 단 것이며

스님은
사유재산도 가질 수 없고 이성과 연애도 금물

음식은 식물만 먹으며 살생하지 않고
무소유로 한 평의 땅도 갖지 않겠다며 앉아서 '졸'한 스님

떨떨이…,
거, 희한하다?
자손 없이 저렇게 살다가 '졸'하면
지구는 누가 지키고 보존하나요?

# 신봉

어려움이 있을 때
무한대의 힘을 가진 부처나 신에게 소원을 빕니다.

소원을 빌면
용기가 생기고 마음에 위안은 되지만,
되고, 되지 않고
죽고, 사는 것은 시간이 해결해 주지요.

죽은 자는 말이 없고
산 자들은 신이 해결해 준다고 맹종합니다.

모든 고통과 무거운 짐은
신에게 맡기고 의지하라!

하나님은 하나를 드리면 열을 주시는데
바보처럼 손해 보며 산다고 충고합니다.

하나님, 부처님을 신봉하며
천당, 극락을 가겠다고?

인간의 끝없는 욕심인 것을 깨달으면 좋겠습니다.

# 오늘은 일요일

아내가 영화 보러 가잡니다.

꼬마 땐
극장에서 영화를 실컷 보면서
돈 버는 껌팔이가 부러웠고,
'장화 홍련'을 보고 눈이 퉁퉁 붓도록 울었죠.

아내는
귀신 도깨비가 설치는 영화나
애정 드라마를 좋아하고,

애들은
황당하고 스릴 넘치는 S.F 영화를 보지만,

니나노는
골프나 야구 같은 것을
생각 없이 멍하니 보는 것이 유일한 낙인데,

아내의 큰 소리가 진동합니다.
"무슨 천주학을 하느라고 빨리 나오지 않냐."라고.

자유가 없는 일요일. 냉큼 가봐야겠습니다.

# 소리

한밤중에
수컷 꼬드기는 암고양이 소리

편안하게
새근새근 잠자는 아기 숨소리

기쁨과 환희
아우성과 슬픔

다채로운 소리가 희로애락을 주지요.

동물을 기르는 축사나
식물을 키우는 온실에
감미롭고 경쾌한 음악을 틀어주는 것은
공기에 파장을 일으켜 동물이나 식물의 표면을
미세하게 마사지해 줘, 잘 자라게 하는 원리입니다.

사람 사는 세상은
달콤한 여인들의 속삭임,
행복이 다가오는 소리,
복음을 알리는 소리도 들립니다.

# 종파

이 세상엔 무수한 종교가 있고
미약한 인간에게 구원과 희망을 주기도 하지만,
패가망신하는 경우도 있습니다.

신앙이란 일종의 최면술입니다.
크게 나눠 하느님을 믿는
천주교, 기독교, 이슬람교가 있고,
불교는 비구승, 대처승이 있습니다.

이승만 대통령이 절을 방문하였을 때
아기가 울고 기저귀가 널려 있어 의아해하니
일본 중, 대처승은 결혼하며,
우리나라 절을 거의 접수했다는
보고를 받고 김두한을 시켜 몰아내게 했는데,

머리 깎고 대처승을 몽둥이로 몰아내고서
빈 절간을 그들이 자처해 주지가 되어
한동안 재미를 톡톡히 보았죠.

그때부터
툭하면 절에서 몽둥이가 난무합니다.

# 자화자찬

삼천리금수강산
대한민국에서 태어나

세계에서 가장 어렵다는 말도
자유자재로 구사하고

6·25 동족상잔 때 용케 살아남아
좋은 직장 덕분에 세계를 두루 돌아봤으며

모든 재물을 내 것인 양, 여기고
건강한 몸으로 주색잡기를 누리니
살맛이 나는 세상입니다.

속세를 천당과 극락으로 알고
사후엔 뭇사람들이 제일 두려워하는
지옥도 가겠다고 마음도 비웠고
지인들의 사랑 속에 생존하니
어찌 자랑치 않으리오.

누군가
교만하고 시건방지다고 해도
그 말도 내 탓이라 자화자찬합니다.

# 변하는 하느님 교리

옛적 천주교
마름지에 적힌 교리를 신부만 보았고
종교개혁으로
개신교가 교리를 인쇄하여 신도들에게 보급하니
천주교도 인쇄된 성경책을 이용하지요.

부모님의 제사
'부모신'이라며 못하게 하다가 현재는 허용
화장하면 예수 재림 때 부활하지 못한다는 교리도
이제는 화장을 허용하였고,
타 종교는 사탄이라 터부시하던 것도
지금은 인정하고 공유하며 축복도 하지요.

천주교 여 신도들의 머리 위에 쓰는
각가지 모양의 손수건 같은 천은
아랍 여인들이 몸과 얼굴 감싸는
차도르를 축소한 것입니다.

타 종교인을 살육했던 십자군!
지금도 세계 곳곳에서 살육을 하니
하느님 너무 하십니다.

# 어리석음

긍정적 사고와
밝은 마음을 가지면
화평한 삶을 살 텐데

조그만 시련도 극복하지 못하고
이웃과도 화합하지 못하며

소외당하고
불이익이 온다고 죽겠다며
넋두리하는 어리석은 사람이 있지요.

죽을 용기로
살려고 한다면
무엇이 두렵고
무엇인들 하지 못할 일이 있을까요.

두려움과 고통스러움을 느끼는 것은
살아 있고 살아가는 모습이란 것을
깨달았으면 좋겠습니다.

# 계륵鷄肋

'삼국지'에서
'조조'라는 군주가 적과 대치하고 있을 때
닭을 요리한 갈비뼈를 보고서
먹자니 먹을 게 없고 버리자니 아까워
'이놈의 계륵'이라 투정하자,
천막 밖에서 엿들은 전략가가 자의로 판단하여
군대를 철수시켜 조조가 탄복하며 치하했지만,
너무 똘똘하여 후환이 두렵다고 하며 그를 죽였죠.

사노라면 계륵과 같은 환경이 늘 함께하고,
이웃과 직장동료와의 관계도
속으로는 얄밉고 지겨운 놈이라며 치를 떨지만,
겉으론 '네가 좋아'라고 미소 계륵.

부부간의 갈등에서 벗어나고 싶지만,
그놈의 법과 정 때문에 이해하며 살지요.
그래! 갈비뼈가 없으면
오장육부가 어떻게 움직일 수 있겠어요.

'여보~ 당신~ 사랑해'
부부의 계륵

# 소유욕

우리나라 풍습은 자식들이
부모 재산을 소유하려고 욕심 부리지만,
미국이나 일본의 경우,
성인이 되면 부모 재산에 관한 집착을 버리고
가정을 떠나 자립하지요.

마음이 트인 사람들은
가진 것에 비례하여
적선하고 여흥도 즐기지만,

무지한 사람은
끝없는 욕심으로 살다가
'졸'하면 내 몸조차 놓고 가는데,
소유욕의 노예가 되어
자신을 망치기도 합니다.

부부 역시, 일심동체라 생각해서
맘대로 행동하고 내 것인 양, 착각하는데,

각자
인격체를 가진 남남임을 자각해야지요.

# 땅에 떨어진 도덕

옛적에
결혼하면 부모님을 모시고 효도했건만,
현실은
부모에게 연대책임을 지우며
끝까지 도움을 바랍니다.

버르장머리 없는 아이들이
공공장소에서 마구 뛰고
있는 투정, 없는 투정을 부리지만,
기죽는다고 안하무인으로 키웁니다.

마구 뛰면서 먹던 과자 함부로 버려
"얘야, 뛰면 아래층에서 시끄러워"라면서
"그렇게 버리면 안 된다."라고 나무랐더니
힐끗 본 딸이
"할아버지 무섭지"라고 역성들고
꼬마 왈,
"할배 무서워, 할배 집에 안 온다."라고 합니다.

땅에 떨어진 도덕 앞에 기죽은 할배,
어쩔 수 없이 현실에 적응합니다.

# 변화의 시대

예전엔
낭랑한 목소리와 말끔한 옷맵시,
근엄한 모습을 으뜸으로 여겼지만, 현실은 이렇습니다.

몸을 떨며 유행가를 부르는 성악가,
기괴한 표정과 몸짓으로 코미디처럼 가르치는 선생님,
아나운서도 '누가 많이 망가지고 웃기나'를
시험하듯 하지요.

돼지 멱따는 소리로 자기 말만 말이라고 떠들어 대고,
개성시대라고 하여 남녀노소가 꼴불견 형색으로
거리를 활보하며 설쳐댑니다.

야한 화장을 하고,
기괴한 옷을 입었는지 벗었는지 분간할 수 없게 걸치며,
철판 깐 얼굴로 양보란 미덕도 모르고
떼거리로 몰려다니며 여흥을 즐깁니다.

고고하고 참신했던 미덕이 변화의 시대에
깨지고 묻혀버린 안타까운 현실입니다.

# 내정간섭

개고기는
예부터 내려온 먹거리이지요.

프랑스의 '부리지드 바르도'란 여배우가
개고기를 먹는다며 '동물을 학대하는 야만인'이라고
우리나라 정부에 항의 서한을 보냈다지요.

그럼, 그대의 나라는 어떨꼬?

곰을
벌겋게 달군 철판 위로 내몰아
들어붙은 발바닥을 뜯어 먹고,
원숭이를 살아 있는 채로
식탁 위에 머리를 고정하고
머리를 톱으로 잘라 골을 파먹는
잔인무도한 짓거리를 하면서
남의 나라 풍습과 먹거리를 거론 하냐?

힘센 강대국들은
지금도 평화를 앞세워 약소국을 침략하는데,
역사는 힘센 자들이 한 번도 성공 못했음을
엄중하게 기록하고 있습니다.

# 의무

아침 햇살에 초롱초롱 빛나는
풀잎에 맺힌 이슬방울은
천진난만한 아기 얼굴 같고

힘차게 소용돌이치며 흐르는
맑고 깨끗한 계곡물은 청소년의 모습이며

유유히 흐르는 강물은
근엄한 장년처럼 당당하고

깊고 장엄한 바다는
한없이 넓고 신비스러워
어머니의 품속과 같습니다.

경제발전은 폐수와 유독가스로
강산을 더럽히고 오염시키지요.

더럽혀진 강산을
깨끗이 청소하고 정화하여
아름다운 금수강산으로
후세들에게 물려주는 것이 기성세대의 의무입니다.

# 자부심

풍성한 먹거리와
사시사철 멋진 계절에 구애도 받지 않고
옛날의 임금보다 더 잘 먹고 즐기며
행복을 맛봅니다.

옛적에 일본에서
최초로 자전거를 가져와 갓 쓰고 도포 입고
종로를 달리니, 온 장안이 구경꾼으로 넘쳐났고

전등불을 보고 임금과 신하들이 놀라
입을 다물지 못했던 그 시절을 생각해 봅니다.

지금은 찬란한 경제발전으로
잘 사는 것이 얼마나 행운입니까?

풍요 속에서 많은 것을 혜택 받고도
만족하지 못하며 이러쿵저러쿵 푸념합니다.

빈곤을 탈피해
발전된 대한민국에 살고 있음에
자부심을 가지고 감사해야죠.

# 컴퓨터

아무리
다시 쓰고 고쳐도 무한정 받아주고
친구나 연인 사이 대화의 창이며
세계사부터 사소한 것까지 충실히 알려줍니다.

언제나 변치 않고, 그 누구보다도
진실한 대변인과 스승이 되어주지요.

오밤중에나 꼭두새벽에 깨워도
짜증 한 번 내지 않지요.

흑과 백이 명확하여
아닌 것을 절대로 옳다고 하지 않습니다.

오늘도
컴퓨터 앞에 앉아
영원히 변치 않는 친구이며
대화의 스승인 컴퓨터를 칭송합니다.

# 변천한 모성

옛적에
아기를 낳으면 무조건 모유로 키웠고
모자라면 미음을 대신 먹였죠.

여성의 위상이 높아짐에 따라
사회활동을 해야 하기에
아기들을 부모나 유아원에 맡기지요.

혹간은 바쁘다는 이유로
가정과 자식을 등한시하여
모성애가 옛 같지 않고
가정과 자식이 마음에서 멀어져 있습니다.

예전엔
극한 상황이 닥치면
무조건 아이부터 구했는데
지금은
자신부터 먼저 피신하기도 합니다.

사회활동으로
모성애가 결핍된 증거이고
안타까운 현실입니다.

# 잘 살고 못 사는 것

불행이 있기에 행복이 있고
절망이 있기에 희망이 있으며

세상만사가
상대성 원리로 엮여 있지요.

눈높이를 높여
가난하다고 인식하면
상대적 빈곤을 느끼는 것이고
아니면, 욕심입니다.

끼니를 걱정할 정도로
못 산다면
방탕했거나
숙명적인 우환 때문이겠죠.

강건하게
열심히 사는 사람에겐
가난이란,
있을 수 없는 일입니다.

# 궁합

우주의 은하계를 구성하는 수많은 별은
인력으로 밀고 당기면서 우주를 형성하고,
남녀는 속궁합과 겉궁합으로 결속하지요.

서양인은
다정다감한 대화와 애무로 궁합을 맞추는데,
동양인은
대체로, 마구잡이로 속궁합을 맞추지요.

중국 요리는
여러 재료와 부드러운 음식을
입맛에 맞게 궁합을 맞춥니다.
화합도 모두가 합심한 마음의 궁합입니다.

바이올린을 연주할 때
큰소리를 내겠다고 몽둥이로 켠다면
괴상한 소리가 날 테고,
우악스럽게 더 큰소릴 내겠다면
결국, 줄이 끊어집니다.

모든 사물은
관계를 결속하고 보충하여 조화를 이룹니다.

# 꼴값

누구나
다 아는 것을
자기만 아는 것처럼 떠벌리고

잔재주로
으스대면서
상대의 의중을 무시한 채

집에 있는 금송아지를
고삐가 없어 끌고 오지 못한다고 하는 둥

이치에 맞지 않게
황당무계한 언변을 토해냅니다.

가까이 있는 동료들을
안중에도 없듯 대하면서
외부에서의 활약상을 뽐내고

자기를
알아주지 않고 무시한다며 원망하는
꼴값 떠는 사람들을 떠올려 봅니다.

# 발산

인류사에
무수한 업적을 남긴 인재와 성인들

제1의 성자를 꼽으라면

예수
석가
공자를 말하고 싶습니다.

하느님의 아들 예수

천상천하 유아독존 석가

도덕군자 공자

이분들의 업적은 영원불멸하며
성자들의 업적은 마음에서 넘쳐나는
일종의 '끼'와 '재주'가 발산한 것입니다.

# 학벌

학벌을 속인다는 것은
무조건 잘못이지만,

학벌 만능 위주는
취직에서 결혼까지
영향을 줍니다.

그릇된
사회풍토에서 비롯되었는데,

빈곤과 무질서,
부정부패와
권력을 남발했던 역사가 있듯이
학벌도 같은 맥락으로 이어졌습니다.

부끄럽게 살아온 사람들.
이제까지의 잘못된 문제점을 고쳐
투명한 사회를 만들어야겠지요.

# 사랑의 찬가

생존하는 만물이
만들어내는 결실의 사랑

넓고 변함없는 어머니 사랑

거칠게 타오르고
하얀 재가 된 모닥불 사랑

상대는 무관심한데
나만 애태우는 짝사랑

짜릿하고 심오한 남몰래 하는 사랑

사랑 때문에 울고 웃는 애환의 사랑

선인들의 넓고 깊은 사랑

늙어도 마음은 청춘 어르신 사랑

사랑해 줘서 손해 보지 않으니
후회하지 말고 한없이 사랑합시다.

# 노인의 한

손에 쥐고도 찾아 헤매고
인생 계급장이 이곳저곳 새겨진 육신

짜릿하고 야릇한 감정은 고갈됐고
약속은 치부책에
꼭 메모하는 것이 필수입니다,

말을 주고받다가
문맥을 잊어버려 상대에게 되묻고

돋보기안경이 없으면
눈 뜬 장님 신세입니다.

보통 하는 말도 서운타 하며
자주 삐져 옹고집으로 변하고

친구들은
하나둘 세상을 하직합니다.

인간 만사는 새옹지마입니다.

# 부부란

부부의 인연으로

아웅다웅
알콩달콩 살다 보니
자식 통해
손자와 손녀, 사돈도 생겼습니다.

미운 정과
고운 정이 들고
희로애락을 겪으며

힘들고 어려울 때도
마음을 합쳐 고난과 풍파도
슬기롭게 이겨낸 부부의 힘,

이 인간아!
이 원수야!

막말도 애교로 듣고
무촌이지만, 인생에 가장 귀중한 부부
'졸'할 때까지 사랑하고 보답해야겠습니다.

# 견해 차이

장님이 만진 부위가
코끼리라고 단정했다는 말처럼,

사람들은 세상 이치를
자기 식견과 눈높이로 말하지요.

견해 차이는
인간사에 반드시 존재하는 것.

만약,
내 생각이 그릇됐다면
잘못을 솔직하게 시인하고,
슬기롭게 마음을 다스린다면

밝고
희망찬
행복만 있을 것입니다.

# 빨리빨리

외국인에게 비치는 '빨리빨리'

사계절이 있어
제 시기에 곡물을 가꾸지 않으면
낭패를 보니 '빨리빨리'

음식을 공동으로 먹었기에
'빨리' 먹게 되었고.

외국인처럼
입안에서 우물거리면 복 나간다고 하며.
음식점에서
'빨리' 달라는 재촉은 우리나라뿐입니다.

후루룩~~~ 쩝쩝대며 먹어야
사나이답다고 평가했지요.

반도체가 세상을 지배하고
풍요 속에 활개 치는 젊은 사람을 의식하면서
가난하게 '빨리'만 살아왔던
추억을 되돌아보게 합니다.

# 어느 여인

뼈대 있는 집안에서 태어나
예쁘고 청순가련한 얼굴로
주위에 부러움을 사고 뽐내며 살다가
부모와 상의 없이 사랑을 찾아갑니다.

멋있는 님은
불면 날아갈까,
잡으면 깨질까,
그녀를 황홀하게 사랑해 주었지요.

대기업에 취직한 님.
자상하고 깔끔했던 님은
다방 마담, 식당 종업원 등과
바람을 피워서 애간장 타는 그녀에게
친지들이 위로합니다.

'공인이 된 사람은
집안일을 등한시하니,
모든 것이 네 팔자라 생각하라고….'

# 사랑의 종류

제1의 사랑은
부모와 형제의 사랑

제2의 사랑은
결혼해서 맞춰가며 이해하고 살아가는 부부의 사랑

제3의 사랑은
사별하고 다시 출가하였으나,
성격 차이로 결별한 사랑

그 외에 부적절한 사랑도 한몫을 차지하지요.

외국의 경우에 친구 왈,
'네 처가 너 보다 나를 더 사랑한다.'라고 하니
이혼해 주고,

몇 년 후, 전처가 찾아와
'살다 보니 너와의 사랑이 더 행복했다.'라고 고백하니
다시 결합했다는 일화도 있지요.

인간만이 주고받을 수 있는
기쁨과 시련 속의 천태만상 사랑!

# 한 줌의 모래알

세계사의 발전상을 보면
위대한 인물들이
가공할 업적들을 남겼지요.

누구나 자신은
미흡하다 생각하지만,
자기 자리에서 열심히 매진한 것이
사회에 밑거름으로 원동력이 되었지요.

한 방울의
물이 모여 바다를 만들고,
한 줌의
모래알이 모여 태산을 만들 듯이

인간은
미래지향적 욕망과
창작하는 사고가 있기에
견주어 비교하며
인류를 발전케 하는 것입니다.

# 착한 사람

남에게 우월감을 보이고
끝없는 욕망과 투기로 당돌하면서도
저돌적 사고를 지닌 인간들의 초상화.
그러나 천성이 착한 사람이 있지요.

가정과 이웃에게
다정다감하게 정으로 대하고,
아무리 어려움이 닥치고
누군가로부터 해코지를 당해도
묵묵부답으로 자기 일만 하며
미소 짓는 천사 같은 마음씨의 소유자!

남의 일을 내 일처럼 도와주고
스스로 낮추며
있는 듯 없는 듯 행동하는 착한 사람!

자기의 노력도 있었겠지만,
넓고 깊은 착한 마음은
부모가 준 값진 선물입니다.

# 부음

권력자나 세력가,
사회에서 힘 꽤나 쓰는 자들이
방송을 통하거나,
신문 지면에 대문짝만하게 부음을 알리고
죽음을 애도하는 광경을 연출합니다.

부모님 사후에
크고 넓은 땅을 차지하여
거대한 봉분 앞에서
엄숙한 표정을 짓고 제를 지냅니다.

과연 살아생전에도
저토록 성심껏 효도하였을까요?

대체로, 살아생전에
'나 몰라라' 등한시했던 자들이
꺼이꺼이 소리 내어 울부짖습니다.

효도란,
이런 것이라고 보란 듯이 과시하는
그들을 볼 때면 씁쓸한 생각이 듭니다.

# 소탐대실

살다보면
지식 얻고 재물도 축적하게 되며,
지식을 어떻게 활용하고,
재물도 어떻게 관리할까 생각합니다.

지식은 위상을 높이고
가족이나 후배 양성에 배움을 주며,

재물은
자기 품위 유지비와 적당히 나눔이 바람직하고,

인색하게 움켜만 쥐고 있는 재물은
부패된 음식물을 가진
한심하고 어리석은 사람의 모습이며

재물을 써보지도 못하고 세상을 하직하면,
자식들에게 재산 싸움을 일으키고
그를 아는 사람들로부터 냉소를 받습니다.

소유욕으로
귀중한 자기의 위상이 바뀌는
소탐대실을 적어봅니다.

# 처방

권태기에 스트레스 처방!

숨을 멈췄다가 쉬면
살아있다는 고마움을 알 것이고,
밥맛이 없고 입맛까지 잃었다면
며칠만 굶으면 해결.

잠 못 이루면
격한 운동이나 가장 쉬운 집안일부터
지칠 때까지 한다면 잠이 쏟아져서 해결.

다른 사람과 만남이
귀찮고 번거롭다고요?

독방에서 홀로 지내보면
사람과 만남의 소중함을 알 것입니다.

병들어 병원 가서 치료받기보다는
건강할 때 잘 먹고 열심히 일한다면
운동도 되고 돈도 버는 일거양득으로
밝고 희망찬 삶을 살 것입니다.

# 카페 회원님께

끝없이 베풀고 격려해주며,
자기 몸같이 사랑해주는 님들.

멋지고 슬기로운
회원들과의 인연을
한없는 축복이라 생각합니다.

옛말에
'똥간의 쥐는 평생을 그곳서 살고,
곡식 창고의 쥐는 평생을 그곳에서 산다.'라는
속담이 있지요.

곡식 창고의 쥐처럼
넘쳐나는 먹거리와 이권과 관계없이
희희낙락하는 즐거운 라이딩~~~

나의 사랑,
'자사랑' 카페 회원님 파이팅!

# 성공한 사람

성공은 노력 없이 이룰 수 없고
수많은 시행착오를 거칩니다.

남들이 놀거나 잠잘 때에도
열심히 노력하여 꿈을 이루고
명예를 얻어 성공한 것이지요.

어렵고 힘겨운 일들과
극한 상황이 닥칠 때에도
성공한 사람들과 슬기로운 사람들은
극복하며 해결합니다.

성공하지 못한 사람들은 비굴하게
나만의 이익을 계산하면서 양보란 없고,
극한 상황에서도 남의 탓만 하고 좌절합니다.

의롭고 바르며
열심히 사는 삶이야말로 성공한 사람입니다.

# 팝 & 가요 베스트

지하철에서
단돈 만원에
'추억의 70 · 80 팝송'과
'가요'가 담긴 CD를 구입.

주옥같은 멜로디가 달콤하고
신비스러운 목소리가
추억을 파노라마처럼 떠오르게 하며
내 마음이 한없이 애절하고여
눈이 부시도록 찬란한 나래를 펼칩니다.

연인들의 사랑을 표현하고
심금을 울리는 노랫말.
오늘도 잠자리에 누워 벗 삼아
자장가로 들으며 잠을 청합니다.

아… 꿈이여 다시 한 번
다시 오지 않을 청춘과 사랑이여….

# 양면성

'겉'과 '속'이 다르고
믿을 수 없는 사람.

진솔하여
법 없이도 살 수 있는 믿음의 사람.

처신하는 행동에서
그 사람의 인격과 품위가 보입니다.

장사하는 사람들은
늘 밑지고 판다라고 말하고,
너만을 사랑한다는 약속과
다정한 속삭임도 변할 수 있는 양면성이 있지요.

인격은 바닥이고 마음은 검은데
천사처럼 행세하는 역겨운 사람.

어쩔 수 없이 불의에 편승하는 불운.

속이고 속으며,
양같이, 때론 늑대가 되는
인간의 양면성을 떠올려봅니다.

# 잊혔던 사람과의 만남

동족상잔으로
통한의 이산가족이 되었다가
방송국 이벤트로 상봉했으나

만남 후,
이제껏 애타게 그리워했던
사랑과 애정이
실망과 갈등으로 변해버린
안타까운 일화들.

가까운 거리에 살면서도
서로 화합하지 못하고
부모 형제도 등한시하는 지금의 세태.

소식 없던 친구나
친척이 찾아오면
대체로 아쉬운 부탁을 하거나
어려운 청탁을 하지요.

잊혔던 사람과 만남은
안타깝게도 후유증을 만들기도 합니다.

# 환생

잠자고 깨어나는 것을
일종의 '환생'이라고 합니다.

인간이 살면서
보통 20,000번 이상 자고 깨며,
꿈속에서 내가 소망했고
갈망했던 것들을 실천하고 경험하지요.

온 세상을
내 것으로 만들기도 하고
미운 사람은 때려주며
귀여운 사람을 예뻐해 주고
사랑하는 님과 하늘로 날기도 하구요.

내 마음대로 행할 수 있고,
부귀영화도 맛봅니다.

그러나 얄미운 아침이
어김없이 환상 속의 세상을 깨뜨려버립니다.

만약,
깨어나지 못한다면 죽은 것이지요.

# 성직자

성직자가 된다는 것은
보통사람으로는 상상하지 못할 삶이며,

특히
육식도 하지 않고
살생도 금한 법도를 이행하는 스님의 고행.

혈혈단신이지만 편안도 함께 하지요.

가족을 부양할 의무가 있나,
밤마다 보채고 바가지 긁는 마누라가 있나

사찰과 성당에서 준
음식과 옷으로 자기만 관리하고,
민초들에게
복음을 전하고 설법만 하면 되지요.

어렵고도 편한 성직자입니다.

# 행복한 사람

직장에서 퇴직한 뒤
집안 살림 아내에게 다 맡기고,
나라에서 매달 주는 용돈으로
술 한 잔에 껄껄대며

다른 사람
열 마디 할 때 한마디만 해도
말 잘하고 똘똘하다고 칭찬받고
부덕해도 양보심이 많다고 우대 받으며
남에게 별로 베푼 것도 없는데
많은 사람이 이것저것 도움도 주고
사랑도 베풀어 줍니다.

그 누가 세상이 각박하다고 했는가?

잘못함이 있어도 잊어주고 이해하여 주는
사람들 덕에 호의호식하지요.

오늘도 두 손에 떡을 들고
입 벌려 떡을 받아먹고 있군요.

참으로 행복한 행운아입니다.

# 깨달음

손가락으로 달을 가리키면
달은 보지 않고 손가락만 보는 것은
자신을 돋보이게 하고
위상을 높이려는 뜻이며

산은 산이고
물은 물이란 말은
산천은 그대로인데
사람들의 마음이 변하고
과대 포장한다는 뜻이지요.

알지 못했던 것들을
인식하고 깨우치는 깨달음은
죽을 때까지
배우고 고치며 행해야 합니다.

# 오염된 사회악

하늘의 맑은 공기와
땅의 푸른 초목이
만물을 소생시키는 것 같이
자기 분야에서 묵묵히 일하고
매진하는 사람들이 사회를 이끌어 가지요.

반면에,
중금속으로 오염된 물 같이
사회를 더럽히는 인간들도 있습니다.

국민의 잘못됨을 바로잡는
법조계에는
보통사람을 통제하는 사기꾼들이 가장 많고,
정치판은
권모술수로 일관하면서 국민을 우롱합니다.

오염된 사회를 정화하려고 해도
워낙, 썩어
역부족으로도 정화시키지 못하는 지금의 현실입니다.

# 집착

살아가는 과정에
집착은 필요악이며
성공과 실패를 동반하고.

무언가에 집착하면
뇌리 속을 가득 채워서
집착한 것만 보이고
소유욕의 환각 속으로 빠지게 합니다.

하지만,
집착은 성공하여 성취하는 지름길이 되고

지금 이 시각에도
누구를 사랑하고 미워하는
집착에 직면하면
이성을 잃고 헤어날 수 없게 됩니다.

'모자라지도 말고 넘치지도 말라'는
중용을 가르치고 알리지만,
집착의 소유욕은
벙어리와 눈 뜬 장님을 만듭니다.

# 희열 속의 삶

살아온 지난날의 추억을 뒤돌아보면
가슴 아리게 애태우며
슬프고 괴로웠던 역경도 겪었지만,
즐겁고 짜릿하게 사랑하며
성취감에 젖어 행복했던 시절에 비하면
빙산의 일각이지요.

말 타면 하인을 두고 싶고,
어부가 새와 조개를 잡았다는
어부지리 황재수도 있지요.

기어가는 자 위에 뛰는 자 있고,
뛰는 자 위에 나는 자 있으며,
쏘는 자 위에 주운 자 있고,
요리하는 자 있으면 먹는 자 있지요.

이처럼, 재주는 곰이 넘고
돈은 중국 사람이 챙기듯이
손해도 보고 횡재도 하는
재미있고 오묘한 인생사입니다.

# 감사하고 찬양하라

여명이 밝아오면
온 누리에 아침햇살이
찬란하게 퍼져
만물이 힘차게 도약하며
하루의 일과를 알립니다.

저녁이 되면
신비스런 노을이 태양을 감추고,
밝은 달은 향락과
은밀한 밀회를 비추며 포근하게 감쌉니다.

이 순간을 감지하고
즐길 수 있음이 얼마나 축복인가요.

감사하고 찬양하라!

# 3

★

바
보
띨
띨
이

# 자존심

자존심이란,
인간의 인격으로 위상도 높이고
폭넓은 지식으로
사회를 이끌어가는 초석입니다.

그러나
삐뚤어진 자존심은
유아독존, 옹고집으로 일관하면서

타인에게
괴로움을 주고 상처도 줍니다.

슬기로운 지혜와
온후한 덕목으로
만인에게 칭송받는 자존심을
지키고 누리시면 좋겠습니다.

# 직권남용

순한 양 같은 모습을 하고
독실한 불자처럼 행세하며
무소유, 중들과 의기투합해서
국민의 돈을 빼돌려 착복하고
국민의 혈세로 선심을 쓰며
승승장구 출세했지요.

권세 있는 자에겐
달콤하고 교양 있는 말로 현혹하여
권력자의 눈을 멀게 한 교활한 자로

처ㆍ자식까지 속인
파렴치한 자입니다.

생선가게 고양이 같은
파렴치한 자들의 횡포를
어떻게 멈춰야 하나요.

# 위세

오메가, 롤렉스시계에
다이아몬드 반지가 부자의 상징,

못 먹던 시절이라
배가 나와야 사장이라면서
팔자걸음으로 거들먹거립니다.

사후에는
묘지를 돌로 두르고
비석을 세워 큰 공을 세웠다며
칭송하는 문구와 웅장하고 거대한
무덤의 주인이 됩니다.

산천마다 머리에
기생충이 파먹은 꼴로
무덤을 만들어 죽어서까지 위세를 부립니다.

위세 좀
그만 떨고 각성하여
산천을 보호하면 좋겠습니다.

# 행복에 젖어

시원한 맥주를 마시고
생멸치를 고추장에 찍어 먹으며
행복감에 젖습니다.

지금껏
뭇사람들의 보살핌 속에서 살아왔고
현재도 변함없이
사랑해 주고 아껴주는 지인들이 있음에
무엇이 부족하고 무엇이 부러울까요?

사랑하는 나의 지인들!

언제라도 만나기를 원하면
만나주는 친구들이 있기에 더욱 행복하지요.

살 맛 나는 세상입니다.

# 권태기

밤낮으로
예뻐해 주고 사랑했던 님.

모든 것을
이해하며 감싸주던 님.

이슬만 먹고
사는 것 같았던 님.

감정이
메마르고 무기력해져
사랑도 식은 현상을 '권태기'라고 합니다.

늙고 쇠약해진 육체와
식어버린 애정을 안타깝게 생각하지 말고
지금껏 주고받은 사랑을 고맙게 인지하면서

'권태기'라는 단어를
떨쳐버렸으면 좋겠습니다.

# 언어

거짓과 진실
정직과 불의 등

세 치의 혀로 천태만상
인간의 삶을 좌지우지합니다.

성직자와 교육자들은
성경과 불경,
교과서에 기록된 각각의 글에
자기 지식을 곁들여 설교하고 가르칩니다.

말 한마디에
천 냥 빚을 갚기도 하지만,
뱉은 말은 쏟아진 물 같아
주워 담을 수 없습니다.

'침묵은 금'이라는 성현의 가르침을
어떻게 받아들이고 실천하면 좋을까요?

눈을 감아야 해결되는 것이
'말'인 것 같습니다.

# 선진국과 후진국

대체로
선진국은 한대지역에 있고
후진국은 열대지역에 있지요.

한대지역에서는
생존을 위한 대비책으로
연구하고 노력하여 선진국을 건설하였고,

열대지역은
비 피할 곳만 있으면 살 수 있기에
나태하고 낙천적 생활을 하여
후진국으로 전락하게 되었지요.

빈곤을 타파한 한국!
사계절이 있고 살기 좋은 금수강산!

수려한 산세에
옥수 같은 맑은 물이 흐르고
외국 사람들이
정원 같고 에덴동산 같다며 찬사를 보내는
이 땅에 살고 있음이 영광이고,
자랑스럽게 생각합니다.

# 한국을 말하다

'고려인'
'조선인'
'한국인'은 변천해 온 대한민국 국민의 호칭이지요.

일본이
한 핏줄이라는 미명하에
강압으로 식민지로 만들었고
'이조왕국'을
'이씨조선'이라고 격하시켰죠.

중국·소련과 전쟁에서
승리한 일본이 미국에 항복하여
우리나라는 어부지리로 해방이 되었습니다.

해방 후,
북한은 김일성이 '인민공화국'을 만들고
남한은 이승만이 '대한민국'을 통치해
양분된 나라가 되었습니다.

안타까운 현실에서 벗어나
하나의 통일된 국가로 세계에 우뚝 서면 좋겠습니다.

# 변화된 사회상

짚새기에서 인공위성까지 놀라운 발전상을 살펴봅니다.

천수답에 농업에만 의존하고, 낱알과 채식으로 연명하며
흰쌀밥과 고깃국 먹는 것이 소원이었죠.

하절기에만 일하고, 겨울철에는 땔나무를 하거나
새끼 꼬기로 시간을 보냈습니다.

투전이나 술타령으로 집안을 더욱 빈곤하게 만들고
무지한 가장은 죄 없는 처자식에게 화풀이로 일관했지요.

얼마나 무지하고 피폐한 나라였으면, 미국은
'영원히 구제 못할 한국'이라고 깎아내렸을까요.

6·25전쟁 때 미군이 물자를 마구 쓰고 버리는 것을 보고
'우리는 아껴도 못사는데…'라고 부러워했죠.
소비를 많이 해야 경제가 산다는 것을 그땐 몰랐지요.

비닐하우스를 지어 사시사철 농작물을 재배하고
바다에 활어를 키우며, 풍성한 먹거리와
넘쳐나는 제품으로 잘 사는 나라가 되었습니다.
우리나라의 미래의 모습도 떠올려봅니다.

# 팔자소관

대체로 잘 살고 성공한 사람을 복 많은 팔자고,
잘 못 살면 복 없이 태어난 팔자라고 했지요.
팔자소관으로 죽은 사건들을 살펴봅니다.

목침을 베고 자다가
메주가 떨어져 즉사한 팔자.

뒤로 넘어져도 코가 깨지는 팔자..

외교 관계가 수립되지 않았기에
올 수 없는 중국 비행기가 추락하여
논에서 죽은 촌부의 팔자.

탁발하던 스님이
당신 아들은 몇 날 몇 시에 '소뿔에 죽는다.'라고 하여,
그날 방에 있게 하고 철저히 방비하는 동안
소뿔로 만든 귀이개로 귀를 후비다 고막이 터져 죽은 팔자.

줄타기 하듯 살아온 팔자에
무사히 살아온 것이 행운이지요.

# 욕망

욕망이 없으면
성공이란 단어도 없고 동식물과 같지요.

그러나 지나친 욕망을 부르면
풍요 속의 빈곤과 상대적 빈곤으로
자신의 위상을 상실해 마음을 지옥으로 만듭니다.

물고기는 물에서 살고
동물은 땅에서 살아야지
욕심으로 위치를 바꾸면
둘 다 생존치 못하지요.

지나친 욕심은
하늘을 찌른다는 속담이 있듯
욕심의 노예가 되어
어리석게 살지 말고
현명하고 슬기롭게 긍정적 사고로
욕망을 다스렸으면 좋겠습니다.

# 현실을 논함

풍요롭고 변천하는 지금,
현실 속의 '허'와 '실'을 말합니다.

예수, 석가, 공자 등
옛 성자들은 인류 역사에
창조적인 문헌을 남기셨죠.

그분들이 지금 살아있다면
발전한 과학을 어찌 알고 대처할 수 있을까요.

옛적엔 모든 지식과 기술을
어른으로부터 전수받고 가족에게 존경도 받았는데,
지금은 눈 뜬 장님으로
자식과 손자에게 전자제품 등 신제품
작동하는 방법을 배워야 하는 복잡한 세상이 되었구료.

예의범절과 공중도덕도 무시하는
버르장머리 없는 아이들.
남녀 행동에서 작아지는 남자들의 위상.

소외당하고 내몰리는 초라한 가장의 모습이 안타깝습니다.

# 기업화의 종교

신앙을 앞세워 기업을 운용하며
가공할 조직을 거느리면서 돈과 명예도 얻고
우후죽순처럼 목사양성소,
스님을 양산하는 승가원 등이 있지요.

한국 최초 종교계의 기업 원조는 '박장로'이며
대중을 압도하는 언변과 강한 텔레파시로 신도를 모았지요.

수돗물을 수백 개의 드럼통에 담아 기도하고
하느님이 주신 생명수라 칭하니
무지하고 선량한 신도와 병자들이 마시고
상처에도 바르며 헌금을 냈지요.

헌금으로 신앙촌을 세워
가공품도 만들고 시장에 팔고
신도들이 헌납한 재산에 맞춰
아파트에 입주케 하여 노동자로 활용했지요.

죽을 때 본인을 '하느님'이라 칭한
우리나라 종교계의 기업가 효시.

'박태선 장로'였습니다.

# 공인

공인은 각계각층에서 성공하여
'부'와 '명예'를 갖춘 사람을 말하지요.

공인이 되면
자기의 사생활은 물론,
가족도 챙기지 못하고,
내 뜻대로 먹고 싸며
숨 쉬는 것 밖에 하지 못하고
대중 앞에선 꼭두각시 신세입니다.

보통 사람들은
내 의지대로
어느 때나 행할 수 있으니
얼마나 자유롭고 행복한가요?

# 사랑과 이혼

이혼은
서양에선
자신의 권리이고 선택이지만,
동양에서는 유교사상으로
가문의 수치로 여겨 이혼을 금기하였지요.

특히 한국과 몇 나라만
간통에 관한 처벌법이 있었거나
아직도 효력이 있습니다.

유럽은
간통에 관한 처벌법이 없으며,
섹스는 스포츠라고 하면서
미성년 딸을 둔 어머니는
딸이 남자 친구와 미팅이 있으면
콘돔을 꼭 챙겨주고
집으로 초대하면 집을 비워주지요.

동양과 서양의 서로 다른 문화를 살펴보며
미래의 모습도 그려봅니다.

# 중국

세계의
중심이라고 자부하는 중국.

찬란한 역사와
문화유산을 보유한 중국.

한국과 일본은
중국의 문화권에서 한자를 사용하다가

한국은
세종대왕이 한글을 창조하였죠.

일본도
문자를 만들었으나
한문을 배제한 글자는 존재하기 어렵지요.

지금은 두 나라 공히
경제 분야에서 중국을 능가하지만,

풍부한 인력 지원과
거대한 대륙을 지닌 중국이
경제대국으로 무섭게 도약하고 있습니다.

# 공허함

채우고
흘러넘치는
부귀영화도
만족하지 못하는 인간의 마음

가진 자도
가난한 자도
공허함은 누가 대신할 수 없고
탈피하려 해도 양파껍질 같습니다.

공허한 마음!

인간으로
해결할 수 없기에
샤머니즘에 의지하고
구원받으려 내 영혼을 맡기게 됩니다.

# 있는 거지

수많은 부동산과
재물을 보유하면서 거들먹거리고
조그마한 일에도 이해타산을 따지면서
상도의도 모르고 인색하고
쓸 줄도, 고급 음식도 먹지 못한 자를
'있는 거지'라고 하지요.

지식과 교양도
배우고 수양해야 쌓이는 것이죠.

재물도 선행하며 베풀어야 하고
써 본 사람이 쓰는 것이지
써보지 않는 사람은 할 수도 없고 쓰지도 못하지요.

탐욕과 욕심으로
참다운 삶과 나눔의 정을 모르는
'있는 거지'의 인생입니다.

마음은 피폐하고
재물의 노예로 깨어나지 못하는 '있는 거지'

측은지심으로 동정합니다.

# 멋진 사람

멋진 옷을 입어도 티 나지 않고
있는 둥, 마는 둥 해도 꼭 있어야 하는 사람

순박하게 웃는 얼굴이 그리 밉지도 않고,
가까이 있는 사람부터 정을 주며,

먼 산 바라보듯
챙겨주고 기억해 주는 사람.

자기 눈높이보다 낮추고,
자기 그릇보다 적게 담으며,
자신의 위상을 낮추고 실천하는 사람.

이름만 들어도 호감이 가고
그리워 보고 싶어지며 사랑하게 만드는 사람.

이처럼 부드럽고 멋지게
제가 행하지 못하는 삶을 보여주며 깨우쳐 줍니다.

멋진 사람이여!
당신은 영원한 스승입니다.

# 인격

인격과 품격을 겸비한 사람은
정의를 구현하고
이 세상에 찬란한 금자탑을 세워
후세의 본보기가 되지요.

조선시대에
상투를 자르는 것은
양반의 인격을 깎아내린
치욕적인 형벌이었죠.

인격에 반해
왕관도 버리고
자식 없는 과부를 택한 영국의 왕손.

공직자로
공적자금을 유용하고
부정한 여자관계가 천하에 공개됐는데도
'거짓 없는 남편이며,
나쁜 짓은 절대 하지 않는다.'라고
옹호한 부인의 인격도 있습니다.

# 가부장의 눈물

위세 등등하고
당당히 가장으로 가정을 책임지면서

세파가 몰아치는 곳곳에서
홀로 가슴앓이 했던 일이 헤아릴 수 없고

직장이나 일터에서
시련과 고통을 감내한 '가부장'

일터 접고 늙어가니
혈기와 권세는 옛이야기

기죽어 현실에 적응합니다.

# 오월동주

격동하는
지금의 대한민국.

용의 머리가 되겠다는 수장들.

성숙하지 못한 국민이
뽑아놓으니 아귀다툼으로 일관하고,
누워서 침 뱉어 가래침이 범벅된 얼굴로
서로가 더럽다고 삿대질하며 욕해 댑니다.

BBK, 삼성 등 재벌들이 잘못한 죗값은
심판해야 마땅하지만,
빈대 잡으려다 초가삼간 태우는 꼴입니다.

생선가게 고양이 같은
정치인, 법조계, 재벌들이
의기투합하여 똑같이 공생하는데,
누가 누구를 심판하고
죄를 물을 것인가?

# 물욕

상술이 탁월한
창업주는 생활필수품을 만들고,
간교하면서 이기적인 일본인을 설득

전자제품을 전수하여
세계를 주름잡는 금자탑을 세웠습니다.

3개 면을
거대한 놀이동산과 옥토로 만들어
창업주가
나중에 나라에 기증하겠다고 했는데,
물려받은 후손은
편법으로 세금을 탈세하여
자손에게 양도해,
국민을 우롱하는 기업을 만들었구료.

인간의
물욕은 하늘을 찌릅니다.

# 여성의 힘

신비하고 요염한 자태와
소우주를 보유한 여성의 육체!

가난과 고난을
가냘픈 몸으로 감내하며
가정과 나라를 부강하게 지켜오고
만든 것이 여성입니다.

은밀하고 호화스런 음식점을 떼 지어 다니고
법당과 교회는 물론,
보험과 다단계 판매에 이르기까지 섭렵하는
참으로 놀라운 여성의 힘이지요.

한국의 대표적 여성은
심사임당을 꼽을 수 있습니다.

남편과 자식의 진로를
지켜주고 결정해 주는 위대한 여성!

내조의 힘이 얼마나 크고
위대한가를 경탄하면서
특별히, 지성을 겸비한 여성의 힘을 봅니다.

# 총선

선거 때
고무신과 양말 한쪽에
인권을 매도하는 어리석은 국민.

국민 의식은
아직도 후진국을 벗어나지 못하고
지연과 학연으로 반대를 위한 반대로 일관하며,
아비규환의 정치판과
내 주장만 내세우는 국민이 안타깝습니다.

똥간이 잿간 냄새난다고 질타하는
천의 얼굴을 한, 총선 주자들.

그들 중에서
뽑아야 하는 어쩔 수 없는 현실.

단군 이래로 잘 사는 한국!

폭 넓은 의식으로
성숙한 투표권을 행사해야지요.

# 인연

인생을 떠올리면
인연이 반복되어
자의 반, 타의 반으로
지속되거나 결별하지요.

인연을
슬기롭게 대처하고 행했는가를
뒤돌아보아야 하겠지요.

예순이 넘으면
지식도 명예도 하찮은 것,

젊은 세대에 맡기고
모든 것을 훌훌 털어버리고

남은 인생
좋은 인연을 만들어
유유자적 즐거운 시간을
보냈으면 좋겠습니다.

# 왜?

오장육부와
이목구비를 갖추고

인성으로 구성된
만물의 영장 인간은
희로애락의 속세에 살지요.

사후에
극락과 천당에서
영원히 살겠다는 사람들

'졸'하면
부처와 하느님 곁으로 가는데
환호하고 감사드려야지.

왜?
속세를 떠나는 것이
두려워서 떨고
애통하다고 하는지 모르겠습니다.

# 허무

마음과 육체가
강건하다고 자위했지만,

하나둘
육체에서 떨어져 나가는
일부분을 볼 때,
아스러지는 허무한 마음을
추스를 수 없습니다.

명예와 재산과
이쁜이와 꽃분이도
희미한 등잔불 같고,

흐르는 세월 속에
무너지는 육체가 마음을 아프게 합니다.

# 창살 없는 감옥

사랑, 열등, 탐욕,
그리고 실수투성이인 인간.

모자람을 채우고 반성하며 살겠다는 것이
모두의 생각이고 소망이지만, 말과 생각일 뿐,
행동으로 실천하기가 매우 어렵겠죠.

그러함에도
말과 행동이 일치한다면 그들은 성인이지요.

아집과 욕망 속에서 헤어나지 못한 사람들은
창살 없는 감옥을 스스로 만들어
어리석고 비굴하게 살며,
자신의 모자람과 잘못됨을 깨닫지 못하고
비열한 삶을 살다가 세상을 하직합니다.

늦었다고 인식할 때가
시작하기 좋은 때라 생각하고,
시작은 작은 일부터 실천하고
고쳐가며 베풀고 더불어 살면서
창살 없는 감옥에서 탈피해 자유롭게
남은 생애 행복의 나래를 펼쳤으면 합니다.

# 세 치의 혀

오감과 감정을 대변하고
삶과 죽음까지 연출하는
오묘하고 신기한 세 치의 혀.

목청에서 나오는 소리를
시시각각 조정하며 감언이설.

청아한 소리도 만들고, 충신과 간신의 역할로
세상과 자신을 영광과 파탄으로 인도하지요.

만약 혀가 없다면,
아 ~~~
어 ~~~
으 ~~~
소리만 낼 것입니다.

인간은 세 치 혀로 사랑도 이끌고
달콤한 속삭임,
간교한 꼬드김,
잘난 척 등등 언어마다 다른
입 모양의 추임새를 관찰해 보면
우스꽝스럽고 신통방통합니다.

# 후덕함

넉넉한
마음으로 대접하고

정을 주는
님들과 만남은
일생에 큰 획이 됐고,

만나면
활짝 웃는
얼굴들이 외칩니다.

'오늘만 같아라!'

모두가 훗날에 님들을 기억하고
좋은 추억으로 남을 것입니다.

'우리의 만남은 우연이 아니야.'

가수 노사연의 '만남'을 흥얼거립니다.

# 빗소리

창밖에 비가 내립니다.
보슬보슬 살포시 내리는 봄비는
만물을 소생케 하고,
더러워진 대지를 말끔히 씻겨내며
살아왔던 추억과 다가올 미래를 생각하게 합니다.

울컥한 마음으로
속절없이 내리는 비를 바라보면
빗소리로 내 마음을 때리고 가슴을 저리게도 합니다.

저마다
희 · 비극 속에서 웃고 울고,
보기에도 역겹고
찌든 얼굴로 거들먹거리면서
이치에도 맞지 않는 말로 떠벌리는 사람들.

참으로 별스러운 인간도 있다는 것을
알게 됩니다.

천태만상의
인간을 생각하면서 빗소리에 빠져듭니다.

# 일장춘몽

아름답고 화려한
목련 꽃봉오리

며칠 지나면 땅에 떨어져
초췌한 꽃잎과 앙상한 몸으로
초라하게 서 있는 목련 가지가
'일장춘몽'이라는 글귀를 떠오르게 하고
자신을 뒤돌아보게 합니다.

시시각각 변하는 세월 속에
누구를 미워하고
사랑하는 마음은
지금도 현존하는 진행형입니다.

계절에 맞춰
꽃이 피고 지는 모습에서
생태계의 이치를 배웁니다.

# 신뢰

살면서
서로의 신뢰를 잃으면
모든 것을 잃게 되고

선물을 주면서 호화판 만찬에 초대하여도
신뢰가 없다면 마음에 부담만 안겨줍니다.

'말 한마디에 천 냥 빚을 갚는다.'라는 말도
신뢰가 있어야지,
감언이설이면 더 큰 것을 잃게 된다는 뜻이고,

소박한 말 한마디처럼,
된장찌개 한 가지라도 정성껏 만든 음식이면
산해진미로 차린 만찬도 부럽지 않지요.

대인 관계도 신뢰가 없다면
숨소리만 빼고 모두가 거짓이고 역겹습니다.

소인배는 메아리가 없는 황폐한 잔이며
대인은 높은 봉우리와 깊은 계곡을 품고
청아한 메아리로 응답하고 보듬어줍니다.

# 쓴 소리

모든 갈등과 고통을
부처나 하느님께 맡기고 살자.

'왜, 고통의 짐을 안고,
등에 지며 사느냐?' '바보 같다.'라고 충고하고
사후에 극락과 천당을 권합니다.

갖가지 잘못을 하고 이익은 다 챙기면서
기도하여 죄를 면죄를 받았다는 신도들.

비구니와 수녀가 출산의 고통과
세파를 헤쳐 살아가는 삶을 어찌 알겠는가?

내가 세상에 없다면
모든 것이 소용없고,
볼 수도
알 수도
행할 수도 없습니다.

사후에
부귀영화 꿈꾸지 말고
속세에서 덕을 쌓고 행복을 찾기 바랍니다.

# 작은 그릇

환희와 가슴 아픈 사연들

초침은 이 시각에도
어김없고 되돌릴 수 없이 가면서
우주의 만물을 생산하고 사라지게 합니다.

조건 없이 사랑해 주는 사람들.

살아있는 동안 미래지향적인
삶을 살겠다고 다짐하지만,
생각뿐이고 실천하지 못해
그릇이 이것밖에 되지 않음에
끝없는 아쉬움이 남습니다.

은혜와 사랑을
넘치게 받은 작은 그릇

무조건
감사하고 고마울 따름입니다.

# 비천한 인간

대인은
인간의 도리와
자기 본분을 알고,
가정과 나라와 세계사에 업적을 남깁니다.

소인배는
부와 권세를 갖게 되면
이를 이용하여 용납할 수 없는
만행과 위세를 부립니다.

자존심만 내세우며
안하무인 이기적인 인간.

죄를 짓고도
자기 죄를 모른다는 말이 있듯이
어리석음과 반성할 줄 모르는 인간 등

소인배와 대인은
비천한 인간에게
알려주는 성경의 메시지입니다.

# 촛불시위

미국에서
태어난 지 30개월이 넘은
소고기도 수입하겠다고
정부가 약정하니

국민이 촛불로 봉기하여
부당함을 지적하고
다시 약정하라고 시위합니다.

'감히, 미국한테?'
'그동안 은혜를 잊었나?'

정부로선 미국의 요구를
무조건 받아주어야 하는
어쩔 수 없는 아픔이 있습니다.

미국이여!
다른 나라처럼
한국 좀 예우해 주소.

# 숙명

양심으로 살아야 하는
도덕성을 알면서도
잘못하는 것은 숙명이지요.

언제나 다가오는
이런저런 희열의 순간과

싫어하던 좋아하던
수없이 많은 만물과
만나고 헤어짐.

특히,
부부는 법적으로 엮여
죽을 때까지 함께 살도록 만든
끈질긴 인연이며
비켜날 수 없음이 숙명입니다.

# 집착과 착시

내가 무엇을
간절히 소원하면 이루게 되는데,
대체로 샤머니즘에 의탁하며
되풀이하는 기도와 합창에
집착과 착시현상으로

때론 원하는 하느님
부처, 귀신, 돌아가신 조상까지도 보게 됩니다.

예수
부처
마호메트
원불교 창시자 박중민
과학자
예술가 등등

그들의 업적은 초라한 애벌레가
화려한 곤충으로 탈바꿈한 것과
같은 이치가 아닐까 생각해 봅니다.

# 띨띨이들의 한턱

굳은일은 모두 다 하고
그곳의 왕초가 친구라고 자랑하며,
한턱을 내고 목욕까지 시켜주는 띨띨이.

틀림없는 불자인데
'천사가 한턱, 내고 갔다.'라니?
모두가 속는 줄 아는 띨띨이.

펑크 났다고 한 턱
자전거 샀다고 한 턱
눈 떴다고 한 턱
별의별 명목으로 한턱을 내는 띨띨이 행진.

어떤 이는 한턱을 얻어먹고 마시며
'끄윽~~' 트림하고
돈 자랑하느라 잘난 척한다고 푸념

'푸념하는 그이는 어때?'
'으~~응, 그 이?'

예쁜 얼굴에 가증스러운 웃음으로 항상 보답하지.
'띨띨이가 많을수록 좋다'라고 하는 띨띨이들의 행진.

# 차질

희 · 비극을 안고
굽이굽이 사는 것이 인간의 삶이고,

살아온 과정에
누구나 감당하지 못할
암담함과 좌절을 겪으면서
모든 역경을 이겨내고
지금껏 살아왔으며 살아갈 것이지요.

선망 받던 사람들이
자살하는 것을 볼 때,
그들은 영광스러운
'희횸'의 환호 속에서 살다가
'비悲'를 극복하지 못해 좌절하다가
끝내 인생을 마감한 낙오자들입니다.

우리는 인간의 직분과 과업을 완수하고
열심히 살아온 최후의 승리자입니다.

파이팅!

# 공직자에 고告함

외국에서는 공직자들이
힘을 모아 경제를 살리려 노력하는데,
우리나라에서는 자기 이익에 혈안이 된
일부 파렴치한 공직자의 비리가
통탄스럽게도 국민의 가슴을 옥죄입니다.

국민이 낸 세금으로 생계를 꾸리면서
국민을 위해 봉사하고 일하라는 직분인데,
국민의 상좌 노릇을 하고 부정부패로 나라를 망칩니다.

대만에서는
부정한 인척을 권총으로 사살하고,
공직자들은 직무를 충실히 하여
나라를 부강하게 만들었지요.

비리 공직자여!

국민에게
보복報伏하고 인식하라!

# 풍월風月

인간은 누구나
자기 개성의 유전자를 가지고 있고,
인생은 4계절과 같습니다.

봄에
수줍게 돋아나는 새싹

여름이면
싱그럽고 왕성한 잎으로 열매를 맺고

가을이 되면
싱그러운 초록으로
산천을 수놓고 낙엽이 되지요.

그대여
낙엽 밟는 소리가 들리는가?

정서가 가득한 아름다움이 있고
발밑에서 으스러지는 아픔도 있지요.

# 바보 띨띨이

하느님이 흙으로 남자를 만들고 혼자는 외롭다고 하여
남자의 갈비뼈 하나로 여자를 만들어
둘을 알몸으로 에덴동산에서 살게 하였지요.

하느님이 절대 따먹지 말라는 선악과!
저 과일을 먹으면 하느님처럼 된다는 뱀의 꼬드김에
선악과를 따먹은 여자가 남자더러 먹게 하니
부끄러움을 알고 육체의 사랑을 알았지요.

대노한 하느님은 에덴동산에서 남녀를 쫓아낸 후,
여자는 출산의 고통을 주고, 남자는 평생 노동으로 가정을 부양하며
뱀은 걷거나 날지 못하고 기어야하는 벌을 줍니다.

아기가 태어나면 조상이 과일을 먹었다 하여
무조건 원죄로 죄를 묻습니다.

만일, 선악과를 따먹지 않았으면 우주에는 하느님, 지구상에는 아담과
이브, 둘만 있을 뿐이고, 이브가 뱀의 꼬드김에 넘어가지 않았다면 수
억 명의 인간이 존재할 수 없겠지요.

성경 말씀을 믿지 못하고 이해하지 못하는 바보 띨띨이.

# 철부지 띨띨이

살다 보니 '우대 전철표'를 받는 나이가 되었고
노약자 우대석'에 앉으려면
'어린놈이?'라며 가시방석,
서 있으면 '늙은 놈이?'

젊은 사람을 잠자는 척하게 만들고,
몸 둘 곳이 없어 출입문 옆 서 있는 곳이
그의 자리가 되었지요.

감나무가 있는 단독주택에 살 때
낯선 사람이 우리 집 감나무에서 감 따는 것을 보고
무안해할까 봐 그냥 돌아왔다고 하니
혼내 주지 않고 돌아왔다고, 지금까지도 집사람은
'한심한 인간, 바보 같다.'라고 책망합니다.

늙은 몸에 철들지 않는 어리바리한 띨띨이!

어떻게 세상을 조화롭고 당차게 살아가야 좋을지
태산같이 걱정해도 답을 찾지 못합니다.

정답은 어디에?
어찌 살면 좋을꼬?

# 인식

회갑이 넘은 나이엔
세종대왕 할아버지가 젊게 보이고
군인과 경찰들도 어린애처럼 보입니다.

부와 명예도
살아온 여정의 일부분일 뿐,
행복의 척도가 아니었음을 인식했지요.

육체의 건강, 정신건강이
'제1의 행복'이라 깨달았으며

먼 곳이 아닌
곁에 있는 사람부터 챙겨주고
보듬어주는 아량으로
남은 인생 살겠노라 다짐하지요.

지금 이 순간에도
세월은 속절없이 가고 인생도 마감합니다.

후덕한 마음으로
후회 없는 삶을 살기를 염원합니다.

# 상대성

우주의 미세한 먼지

육지와 바다

봉우리와 골짜기

생물체의 암수

선과 악

주고받고

웃고 울고

미움과 사랑

니나노의 상대성

# 풍요 속의 빈곤

건강하고 더불어 사는 것이
행복인 줄 모르고,
죽은 후에 묫자리, 천당, 극락
부귀영화만 간구하다가
삶을 마감하는 불행한 인생

살아있는 부모를
나 몰라라 하며 등한시했던 사람들이
부모 사망 후에야 부끄러움도 모르고
효도를 들먹이며 떠벌립니다.

누구나
옳고 그른 것을 인식하지만,
실천은 매우 어렵지요.

그러함에도 실천하는 사람은 구세군이고
선인이라 말하고 싶습니다.

미미하게 뒤뚱거리며 지금껏 살아온 띨띨이!

새해를 맞아 떡국을 먹고
나이는 먹고 싶지 않다는 글을 공감합니다.

# 2009년 새해를 맞아

누군가는 하고 싶은 말과 행동으로
주위를 의식하지 않고 자기 이익만 추구하며
타인의 불행이 나의 행복이라고 으스대며 살지요.

누군가는 양보와 배려로
친척과 이웃에게 온정을 베풀며 인간답게 살지요.

인간의 삶은 열망과 자비가 존재하는 것임을….

피폐한 삶을 저주하고
인간으로 태어난 것을 원망하던 시절,

늦게야 철들어 나를 존재케 하신
부모의 은덕을 알게 되었습니다.

다사다난했던 2008년을 갈무리하며,
2009년에는 지인들의 사랑과
못 다한 은혜를 보답하리.

님들이 있었기에 행복했습니다.
건강하고 행복하소서.

# 도약

가난했던 시절
백성은 의식주를 해결치 못하고
천수답에 의존하여 보릿고개에 풀뿌리로 연명하며,

유익한 즐거움樂인 섹스로
산아제한도 모르고 다산하면서
인간의 존엄성이
뭔지도 모르는 삶을 살았지요.

그러나
온갖 고통과 피폐한 삶을 타파하여
우월한 강대국으로 도약한 우리나라!

전쟁으로 폐허가 된 나라를
재건시킨 굳건한 의지와 힘을 겸비한 국민!

희망찬
밝은 미래가 펼쳐질 대한민국입니다.

# 동족상잔

이스라엘이
같은 조상의 형제인 팔레스타인을
무차별하게 죽이는 전쟁을 벌이고 있지요.

바빌로니아 왕권에 멸망한 유대인은
세계로 흩어져 근면하고 성실한 삶으로
미국의 정치와 경제를 장악하였습니다.

히틀러는 유대인이 치부한 재산을
수탈할 목적으로 독가스로 살육하였으며,

영국이 국가 없이 방황하는 유대 민족을
팔레스타인이 살고 있는 땅에 나라를 세워주니

굴러온 돌이 박힌 돌 뽑아내듯
토착민 형제들을 몰아내고
빼앗긴 영토를 다시 찾으려는
하마스 단체를 멸종하려고 살육하고 있습니다.

우리나라 6·25전쟁의 동족상잔과 같은 맥락으로
남의 일 같지 않은 끔찍하고 참담한 현실이 안타깝습니다.

# 성폭력

부산지방법원에서
우리나라 최초로
부부간 성폭력 죄를 인정한 판결.

70년대
우리나라 엘리트 여성들이 병들고 못사는
일본 남자에게 시집갔던 과거사처럼,

외국 여성과 결혼하려고 빚을 내서
외국의 엘리트 여성을 아내로 맞이하였으나,

무식하고 가난한 남편을 경멸하고 멸시하며
성관계를 거부하는 아내에게
강압으로 성적 행동을 했다면서
성폭력으로 판결하였지요.

부당함을 법에 호소했으나
관철되지 않아 죽음으로 생을 마감했다는
일화가 생각납니다.

새삼스럽게
격세지감을 느낍니다.

# 보상심리

친가나 부부가 잘못되면
도의적으로 보상할 책임이 있으며,
지인들이 잘못됨은 마음이 가는 대로 보상하면 되니
항상 마음이 편하지요.

공주처럼 아름답고 수줍던 아내.
흑기사처럼 멋들어지고 패기 넘치던 남편.

조각배에 사랑 싣고 고즈넉한 밤을 만끽하며
사랑의 밀월을 즐기는데 뇌성과 번개를 동반한
폭풍우가 몰아칩니다.

둘은 일심동체가 되어
함께 사투를 벌인 끝에 생존했음을
서로 감사해야 하는데도 보상 심리로 서로 언쟁합니다.

나 혼자 힘으로 풍랑에 대처해 살았는데,
도대체 너는 무엇을 했냐고?

행복한 밀월을 즐기고 살기 위해
함께 힘을 모았던 조각배는
아귀다툼 속에 기약 없이 망망대해로 떠내려갑니다.

# 드라마의 현주소

바보상자 TV에서 전개되는
황당무계한 복수전.

막 나가는 유치한 대사로 일변하는 스토리.

시청률 1위 드라마의 현주소입니다.

살면서 실천하지 못한 적나라하고
부적절한 일상생활을 대변해 줘
1위를 고수한다고 생각하지만,

우리의 인지도가
이것밖에 되지 않음이
부끄럽고 한심하다는 생각이 듭니다.

희열을 느끼며 넋이 나가서
드라마에 빠진 사람들을 보면서
이방원의 '하여가'를 흥얼거립니다.

'이런들 어떠하고 저런들 어떠하리'

# 4

★

사랑과 용서

# 공수래공수거

사후에
병원에 의학용으로
시신을 기증하려다
기증된 시신이 넘쳐 거절당하고,
차선책으로 사후에 화장하기로 했죠.

작은 틀 속을 맴돌며 살아온
미비하고 미약한 과거사가
파노라마처럼 떠올라
가슴을 아릿하게 하고
공허함이 머리를 쥐어짭니다.

그러나
아직도 사랑하고 도움을 주는
지인들의 고마움을 위안 삼고,
살아 숨 쉬는 육체가 현존함에 감사하며,

설거지, 잔심부름이
생애의 마지막 업적이라 생각하고,
낄낄거리고 히죽히죽 웃으며
'공수래공수거'를 떠올리며 마음을 달랩니다.

# 애환

천주교
김수환 추기경!

한국의 격변기에
독재정치로
무고하게 학대받은
국민을 대변하고

소외받는
사람들을 구제하다가
하늘나라로 가셨지요.

생전에
만인에게 추앙받는 영광,

내면에는
인간이었기에
개인 신상의 고뇌와
말하지 못하는
애환을 대변하여
'나는 바보'라고 했던 것 같습니다.

# 견해

흉물로 방치하던
'경인운하'를 다시 착공하니 반가운 일입니다.

한강과 낙동강을 잇는 운하 사업으로
강산이 파괴된다는 환경단체와
사찰이 함몰된다는 불교계의 주장도 있습니다.

반대를 위해 반대하는 정치권이
나라의 국책사업을 망치고 있습니다.

운하가 개통된다면,
양쪽에 자전거 길과 놀이공원이 조성될 테고,

관광객과 물자도 실어 나르며
가뭄이 들면 운하에서 물을 공급받아
해갈에 도움이 되고
세계 제1의 관광 명소가 될 것인데,

반대자들에 의해
결렬됨이 통탄스럽습니다.

# 악처

화장실 문 열고 용변 보기

음식은 자기 취향대로 만들고 피곤하다고 짜증

남편을 옆집 사람과 비교하고 약점을 들추며 기죽이기

외식하면 자기 위주, 남편이 주도하면 끼적거리며 불평불만

빨래한 옷 남편 앞에 휙 던지고 안방에서 TV 보기

출근하는 남편 아랑곳하지 않고 아침까지 TV 켜놓고
끝내는 문간방으로 몰아내고 큰소리 탕탕

자기는 고급차 타고 수영과 헬스로 즐기면서
룰룰~랄라 놀러만 다닌다고 비웃으며 핀잔주기

청소하면 구석구석 다니며 먼지 있다고 타박
외출하면서도 말하지 않고 나가면 함흥차사

자기와 뜻이 맞지 않으면 싸움으로 일관,

* 위의 내용은 외국에서 있었던 실제 사례임.

# 북한의 로켓 발사

소련의 기술 원조로
원자력과 로켓까지 만든 무기로
무력 시위하는 북한을
우리나라를 비롯하여 열강들이 질타하지만,

소련과 중국을 배경에 두고
주체사상을 외치며
대원군의 쇄국정책과 같은 정치로
일관하고 있습니다.

따돌림 받고
낙후된 망나니 같은 북한의 실상.

우리와 피를 나눈 동족이기에
안아 줄 수도 버릴 수도 없는
안타까운 현실입니다.

# 개성공단

남 · 북간의 협상으로
땅과 인력을 제공한 북한이
세계와의 임금 격차를 들먹이며
지금 보다 나은 대우를 요구하면서

값싼 조건이라서 투자했던 기업이
어려움에 처해 있습니다.

머슴을 사랑해 주면
자식같이 행동해도 안 되지만,

다 자란 어른을
아이처럼 다루면 아니 되듯

정부는 슬기롭게 절충해
계륵과 같은 현실을 타파했으면 좋겠습니다.

# 자살

누구나
한 번쯤 자살을 생각해 보았을 것입니다.

특히, 공인은
인기와 명예가 추락하면 자학하고,
독수공방에서 술과 약으로 의존하다가
시련을 극복하지 못하고 자살로 삶을 마감합니다.

온실 속에서 자라는 화초같이
온실 밖으로 나오면
미세한 미풍과 햇빛에도
죽고 마는 현상과 같지요.

처방이 있다면
본인이 다시 일어서겠다는 의지가 우선이고,
다시 인기를 얻어 소생하거나
종교에 의지해 극복하지요.

아픈 사연을 안고서도
행복한 웃음을 짓고
건재하게 살고 있는 인동초 같은 사람이
최후의 승리자입니다.

# 소감

불교계의 큰 별
성철 스님의 생가를 방문하고
고인의 삶과 생각을 저버린
생가의 웅장함을 지적합니다.

성철 스님은 농군으로 농사를 짓다가
결혼하여 딸을 낳고 가장으로 살았습니다.

중병에 걸려
절에서 간병하던 중 불교에 심취,
속세를 떠나 스님이 되어 환골탈태하였습니다.

옷 한 벌과
한 개의 이쑤시개를 평생 소유하고,
'무소유'의 본보기가 되어
불교계의 큰 거목으로 살다가 입적하였는데,

아방궁처럼 웅장하게 꾸며놓은 생가는
성철 스님의 뜻을 거슬러 허탈합니다.

# 노무현 대통령을 애도하며

풀뿌리 같은 인생을 거목으로 환원시킨 그.

가난한 자와 힘없는 자의 방패막이였던 그.

맑고 바르게 나라를 위해
헌신적으로 힘 써왔던 그는
못난 형에게 청탁하며 아부하는
무리를 질책하였습니다.

자식 이기는 부모 없다고
외국에 있는 자식에게 남편 모르게
부정한 돈으로 아파트와 생활비를 줬다며
막장으로 몰리면서 자살하게 한 부인,

맑고 깨끗하게 살아왔던 그는
지금껏 위정자들이 하지 못했던
양심적 대통령이라 역사에 길이 남을 것입니다.

모두 가슴에 손을 얹고
애도를 표해야 할 것입니다.

과연 나의 양심은?

# 보상 심리

한 알의 씨앗은
수없이 많은 열매로 보상받고

현명치 못한 사람은
씨 뿌리고 당장 열매가 맺길 채근하면서
씨앗을 말려버리는 행위를 하지요.

열정적이고 부지런하며
깔끔한 것은 좋은데,
뭇사람에게 나와 같기를 강요하고 질타하는 행위.

대신할 수 없는 병고는 본인 책임이고
미안한 마음을 가져야 하는데도
적반하장으로 '왜? 나를 방치하느냐'고 원망하는 행위.

모든 일에 보상받기를 강요한다면
상대방을 곤혹스럽고 힘들게 만듭니다.

각성해서 배려하고 나누며 보상하는 심리.

이런 마음을 가졌으면 좋겠습니다.

# 억장億丈

마음이 내 뜻대로 되지 않고
타인으로부터 불이익을 받을 때.

말 못 할 시련이 있을 때.

그리고 누명을 썼을 때.

셋까지 숫자를 세며
시간을 두고 해소하라는 속담이 있지요.

억장이란,
마음의 고초를 숫자로 나타내는 표현이지요.

수많은 고뇌와 시련을
대변하는 수식어 '억장'입니다.

# 주酒님과 함께하는 세상

주酒님과 함께 하니
온갖 시름 모두 잊고 흥에 겨워
무릉도원 같은 착시를 봅니다.

뇌리를 스치는 다정다감하고
고고하며 사랑스러운 님.

님이 있기에
살맛이 나고 행복한 마음으로
시인 선배의 노랫말이 생각나
'취권'으로 흥얼거립니다.

'눈을 감으면 저 멀리서
다가오는 다정한 그림자
옛 얘기도 잊었다 하자
~~~~ ~~~~ ~~~~ ~~~~
무지개 타고 오네.'

창밖에
이름 모를 새소리가 청아하게 들립니다.

지금 이 시간만 같아라.

# 여자의 일생

하늘과 땅이
맞닿는다는 산고의 고통

반복되는
가사와 수많은 사연을 가슴에 묻고,
시부모를 봉양하고
자식과 사고방식이 다른 반려자의
치다꺼리에 희생해야 하는 숙명적인 여자의 일생

부모를 여의고
자식을 떠나보내고 나면
꽃 같았던 시절의 젊음과 청춘은 몰락하고

속 좁고 초라한
큰아들 같은 반려자만 남지요.

몸과 마음이 황폐해지고
늘어진 피부에 주름살만 남은
속 빈 강정이 된 여자의 일생입니다.

# 감사하라

여명이 밝아오고
살아있음에 감사하라!

가정이나 공동체에서
일할 수 있는 일상생활도 감사하라!

지인들의 은덕과
후세를 남기고
'졸'하는 것도 영광이니 감사하라!

희망의 미래는 내가 만드는 것.

온 누리가
내 것이라 자부하면
행복한 나래를 펼 수 있지요.

그리하여
고통과 갈등에도 감사하라!

# 무소유와 소유

인간의 욕심을
배제하기 위한 단어?

무소유!

물욕과 명예를 소유하고 싶고
갈망하는 것은 인간의 원초적 마음이며,

하느님의 성지
부처의 성지는
누구의 소유인가?

신과
부처도
이행하지 못하는 무소유!

에덴동산에 살기 전에는
해결하지 못하는 '무소유'입니다.

# 관용

곰이었던 웅녀熊女가
사람의 몸으로 현신한 환웅과 혼인하여
태어난 단군 할아버지가
한국의 조상이 되었다는 것도 관용.

하나님의
선악과를 따 먹었다고
여자에게 출산이라는 고통의 벌을 줬고,

선악과를 따 먹지 않은
동물의 암컷이 새끼 낳는 것도 관용.

권모술수로 떠벌였고
잘난 체하는 것도 관용.

알면서 속아주는 것도 관용.

부족함을
채울 수 있는 공간은 미래의 희망이지요.

관용으로 향상된 삶을 살기를 권장합니다.

# 생각을 바꿔야

등산하거나
화투를 쳐보면 인생과 비슷하고,

노력은 성공과 실패를 좌우하지만,
운도 있어야 성취할 수 있지요.

지식은 위상을 높이고
돈도 써 본 사람만이 적절히 쓰지요.

불로소득은
주체성을 잃게 해 패인을 만들고,

늙으면 오감도 잃고
정열과 희열이 감퇴 되어
청춘은 되돌릴 수 없습니다.

노후에 재물은 나의 권리며
적절히 써야 할 때입니다.

재물의 노예가 되어 헛된 삶을 살지 말고
후회하지 않을 멋있는 인생을 마감하길 바랍니다.

# 인연

애틋한 사랑과 감사하는 마음!

삶은
내 뜻대로 행하기 매우 어렵고

악연이던 행운이던 간에
인연은 막을 수도 끊을 수도 없이 맺게 됩니다.

좋은 인연은 사람과 우정을
돈독하게 하고 행복을 만끽하게 하지만,

독선적인 아집을 바꿔야
내 마음이 후덕해지고
모든 사람의 사랑을 받을 수 있습니다.

옷깃만 스쳐도 인연이라고 하는데
양보와 배려로 좋은 인연을 만듭시다.

# 미인

인간이 만들어낸
세상에서 가장 아름답다는 천사!

정서가 듬뿍 담긴
모나리자의 미소가 있지만,
그 어떤 여인과도 비교할 수 없는 미녀가 있지요.

춤과 노래가 빼어난 여인
이슬만 먹고 사는 것 같은 여인.

무에서 유를 창조한 여인 신사임당보다
더 아름다운 이목구비와 팔등신의 신비스러운 몸매.

시상대에 서서 애국가를 들으며
보석보다 아름답게 뺨을 적시는 눈물.

세계를 열광시킨 빙판의 여신 '김연아!'

대한민국의 자랑스러운 인물로
역사에 영원히 기록될 것입니다.

# 불행한 사람

잘못된 사고와
집착하는 욕심으로 불행을 자초하고,

나만 손해 본다는 얕은 생각에
본인의 신상을 들볶고
상대방에게 피해를 줍니다.

가내가 평안하고 꾸려가지 않음이
행운이고 행복임을 왜 모르는지?

모든 사람은
인고의 고통을 감내하며
상대방을 배려하는데
삶은 자기 몫인 것을 인식하지 못하고
남에게 희생만 당한다는
생각으로 일관하는 불행한 사람이여!

한순간이라도 빨리
잘못된 사고방식을 고쳐
행복으로 반전하시라!

# 길들이기

학문과 무술을 연마하여
스승의 가르침을 뛰어넘을 땐
하산하는 이치와 같이
성인이 되면 독립해
가장으로 책임을 다해야 하지요.

특히
부부는 모자람을 서로 채워가면서
'졸'할 때까지 함께 살기를
염원하고 권장하지요.

사랑도 식고
자기 몫을 다 넘긴다면
서로의 필요성을 잃어
별거하거나 이혼하게 됩니다.

늙을수록
자기 몫을 다하고 상대를 배려해야지
모자란 생각과
옹고집으로 일관한다면
불행한 인생이 될 것입니다.

# 한가위

서쪽에 자는 해는
화려한 노을을 만들며 사라지고
새벽엔 어둠을 뚫고 대지를 밝힙니다.

오곡이 무르익는
풍요로운 중추절 한가위!
더도 말고 오늘만 같아라!

달이 차면 기우나니
지난주에 못다 한 일들과
부적절하게 행동했던 추억들을 떠올립니다.

무엇이 문제이고 무엇이 잘못인가?

인간이기에 끝없는 욕망과
안달복달 살아왔노라 위안하지요.

'산천초목은 유구한데 인간은 모두 왔다가 갔다'라는
시의 구절을 떠올리며 구름 속에 가렸다가 나타나는
둥근 달을 바라보며 주절거립니다.

한가위처럼 거두고 모두를 사랑하라!

# 결백

봄엔 잎새들이 푸르게
온 누리를 장식하고
가을에 옷을 벗어 던지듯
낙엽이 되어 흩날립니다.

아름다움과 풍요로움,
쓸쓸함을 동반하는 사계절이
인생의 삶을 대변해 주는 것 같습니다.

물이 맑으면 고기가 못산다.
어우렁더우렁 흙탕물이라도 좋다?

무엇이 옳고 무엇이 정의인가?
천태만상 인생은 다 그런 건데.

오늘도 많고 적고
크고 작은 우주의 조화 속에서
인간으로 존재함을 영광으로 알고 흥얼거립니다.

잘난 놈은 잘난 대로 살고,
못난 놈은 못난 대로 산다.

# 잣대

허허실실 착하고 아량 있던 사람이
공인이 되었을 때 냉랭한 처사는
공인의 직분을 이행하기 위한 현상입니다.

컵에 물이 반이나
남았다는 긍정적 사고와
절반 밖에 남지 않았다는 부정적 잣대,

허드렛물은
서로 보편성을 띤 물이면 족하고,
먹는 물은
공公으로 맑고 깨끗해야지요.

사私는 내 마음대로 쓰고 행하지만,
공公은 한 푼이라도 유용해서는 안 되지요.

공公과 사私의 잣대를
나만의 이익과 약삭빠른 생각으로 골몰하는 사람들.

공公과 사私를 분별해서
후덕하게 베푸는 미덕으로 나보다 대중을 위한
마음의 잣대로 지향한다면 얼마나 좋을까요.

# 재앙

몽골에서 유입된 흑사병에
유럽 중기 때 유럽인들이 수없이 죽었지요.

흑사병은
음식물만 끓여 먹으면 방지할 수 있지만,
조류독감에 감염되면 새들이 죽어 사라지고
그와 흡사한 신종 호흡기질환도 인류를 멸망케 하지요.

유해가스로
하늘엔 대기권이 구멍 뚫리고,
지구는 온난화로
남극과 북극의 얼음이 모두 녹아내려
수억 년 전처럼
물로 뒤덮인 지구가 될 수도 있습니다.

일산화탄소와 전염병을
사전에 방지해 지구를 보호하는 것이
무엇보다 시급한 과제입니다.

# 소견

유럽의
잘 정돈된 지형과
집들이 아름답게 보이지만,
좁은 도로와 허름한 건물은 골동품이 연상됩니다.

동족상잔으로
초토화 되어버린 국토와
배고픔의 고통에서 벗어난 대한민국

최첨단 IT 왕국
무수한 마천루
넘쳐나는 생활품과 음식

반 토막이 난 나라가
경제력 세계 10위권

높은 학력은
세계의 으뜸이 되었고
먹고 떠벌리며 행복하게 사는 자유의 나라!

자부심과 긍지를 가지고 나라 사랑합시다.

# 자중

약점과 단점만 따진다면
살아남을 자가 어디 있겠습니까?

옳고 그름은
인간사에 반드시 존재하는 것!

옛날의 조상과
지금 나의 삶이 정당하고 올바른가?

변란 때
하인들이 주인 헤치는 행위.

노조를 등에 업고
기업과 나라를 뒤흔드는 행위.

법보다 생떼를 우선시하는 행위.

모두 자중하여
진정한 법치국가를 만들었으면 좋겠습니다.

# 취흥

살으리 살으리랏다 이 강산에 살으리랏다
나물 먹고 술 마시고 풀베개 베고 누워

노새 노새 젊어서 노세 늙어지면 못 노나니
이 강산 낙화유수 흐르는 물에~~

산딸기 따따따따 노래부르자 ~~
깊은 산 속 옹달샘 누가 와서 먹나요~~

고향 땅이 여기서 얼마나 될까~~
동그라미 그리려다 무심코 그린 얼굴 ~~

나는 네가 좋아서 순한 양이 되었지~~
바위고개 숨어서 기다리던 님~~

우리 만남은 우연이 아니야~~

만취하면 하늘과도 통하고
흘러간 팝송을 들으며 잠을 청합니다.

얼마나 감칠맛 나고 아름다운 세상입니까.

# 성인과 영웅

인격과 식견과
덕망이 뛰어난 성인!

재능과 용맹을 겸비한 영웅!

그들은 좌절과 시행착오를 극복해
성공한 위인으로 대대손손 이름을 남기지요.

그러나 명예도 없지만,
인간으로서 도리를 다한
보통 사람도 '성인'과 '영웅'이라고 칭하고 싶습니다.

자기 분야에서
본분을 충실히 이행하고
살아왔음을 자부하며
남은 인생 지혜롭고
고고하게 살기를 원합니다.

# 숭배

종교 창시자의
흉상과 자태는
교리를 토대로 만들었기에

나라마다 흉상의 얼굴이
각기 다른 지금의 모습입니다.

중국은
불교를 받아들여
경전을 한문으로 번역하고

인도인이 아닌
동양인 얼굴로 부처를 만들었으며

우리나라 불교도
한자로 된 불경으로 설법합니다.

갈등과 환희
소유욕과 사랑
희로애락을 감내한
인간을 숭배하면 어떨지요?

# 사랑과 용서

빈곤과 질병,
고약한 성격 가진 자를 수용하며

지금까지
무탈하게 잘 살았음을
나와 이웃에게 감사하지요.

용서하면,
나의 마음에 평화가 오고
상대에게 존경과 사랑을 받게 되어
화평한 관계로 발전하게 될 것입니다.

절친한 벗의 메모장에서
'사랑'과 '용서'를 읽고
내 견해로 사랑과 용서를 적습니다.

# 2009년을 보내며

2009년
마지막 여행지 중국의 '하이난'을 적습니다.

제주도 18배 면적의 섬
수없이 크락숀을 눌러대고
중앙선을 넘나들어도 너는 너, 나는 나.
탓하지 않고 물 흐르듯 사는 무질서 속의 질서.

멋이라고는 찾아볼 수 없는 옷차림
아열대기후로 모기장 한 장만 가지면
살 수 있는 휴양지.

5박 6일 하이난 투어를 마치고
돌아오는 버스에서 사색합니다.

넓고 푸른 한강
한국에서 가장 살기 좋은 송파에서 사는 행운
의식주 책임지지 않아도 사랑만이 존재하는 님들

2010년,
아니, 살아있는 날까지 멋있게 하이킹 해야지.

# 회의

무한대 우주 안에
수많은 별과 은하계가 있고
태양계에 지구와 달!

이를 통틀어 '우주 만물'이라고 하지요.

식물은 씨앗과 줄기로 번식하고
동물은 냄새로 수컷을 유혹해 결합하며
사람은 눈과 언어로 소통하고 정과 사랑을 나눕니다.

아기 땐 동물과 동일하지만,
성장하면서 인격체로 인간의 직분을 다합니다.

성탄절 아침!

남은 생애,
나눔과 사랑으로 살기를 염원하며,

다사다난했던
2009년이여 안녕….

# 예수의 생애

크리스마스 날, '예수의 생애'를 과학적 근거로 영화 제작하여 TV Channel Discovery에서 3부작으로 150분간 방영했던 내용을 간추려 적습니다.

요셉과 마리아를 부모로 둔 그는 7~8살 때 학자들과 인생을 논한 총명한 아이로, 그 당시 최고의 지식인 '세례 요한'의 제자로 입문하여 세례도 받았고, 세례 요한이 로마 제국을 배제하고 '구세주'라 칭하였다.

로마법에 따라 세례 요한이 세상을 등진 후, 예수는 그 뒤를 이어 어촌과 빈민가를 돌며 '유대인의 왕' 백성을 구하러 온 하느님의 아들 '구세주'라 칭하며, 집회를 열어 로마 정부와 유대인 부유층의 횡포와 부당함을 지적하고 서민의 종교 지도자로 수많은 군중이 따르니 로마 정부와 유대인 부유층의 두려움과 미움을 사게 되었습니다.

하느님께 기도하고 집회하는 곳에서 장사하는 가게를 망가뜨렸는데, 화근이 되어 그를 체포하는 동기가 되었지요.

유대 부유층이 그의 제자 유다를 돈으로 매수하여 로마 병정에게 체포토록 하고 유대인 지식인들이 갖은 고문을 하고 가시 왕관을 만들어 씌워 로마 총통 '빌라도'에게 끌고 가 십자가에 못 박혀 죽는 사형을 받게 하였습니다.

사망 후, 그를 아끼는 부자가 로마 정부의 허가를 받아 자기 동굴로 시신을 모셨고, 3일 후, 매장하려 했으나, 안식일에는 매장할 수 없기에 매장하지 못했습니다.
- (당시 부유층은 동굴에 시신을 안치하고 3일 후에 매장하는 관습이 있었고, 안식일은 유대교가 정한 그 어느 것도 할 수 없는 날 임.)

어머니 마리아와 제자 막달라 마리아가 시신을 향료로 씻기 위해 왔으나 동굴에 시신이 없어 놀라니 그이 목소리가 하늘에서 들리고 '3일 후에 부활한다.'라는 음성이 들렸다는 내용.

예수는 3년간 포교하며 유대교를 탈피하여 자기의 종교를 만든 인물이며, 조선왕조 때 녹두장군 전봉준이 '하늘님'을 믿으며 정부 정책과 착취의 부당함을 지적하고 동학관을 주도하며 가난한 농부를 위해 투쟁하다 죽임을 당한 같은 맥락으로 보입니다.

3부작으로 다룬 예수의 생애를 보면 30살에 설교 시작, 3년 동안 설교, 베드로가 3번 예수를 모른다 함. 33살에 사망, 3일 후 부활, '3'이라는 숫자와 예수는 묘한 인연입니다.

# 아브라함

구약성경 창세기에서
이스라엘 민족의 조상 '아브라함'

풀 한 포기 없는 척박한 땅.
끝없는 사막에서 생존한 '아브라함'은 사막을 떠돌며
하느님을 의지하고 살았습니다.

본처인 '사라'에 자식이 없자,
몸종인 '하갈'에게 나이 85세에
첫째 아들 '이스마엘'을 얻었는데,
그 자손은 '팔레스타인'이고

100세에 둘째 아들 '이삭'을 얻었는데,
그의 자손이 지금의 이스라엘 민족이며
아브라함은 175세, 부인은 127세에 '졸'했다는 이야기!

같은 자손인 팔레스타인과 유대인들은
하느님을 '이슬람'과 '유대교'로 양분해 믿으며
민족 상쟁을 벌이고,

우리나라도 같은 맥락으로 지구상에 유일한
동족상잔의 두 국가로 격세지감을 느낍니다.

# 소크라테스의 처

그리스 철학자로 시기하는 학자들의 고발로
감옥에서 독배를 마시고 '졸'한
소크라테스에 관한 이야기를 살펴봅니다.

그의 처가 '악처'가 된 이유는
그는 추남의 용모에 70살 평생 죽기까지 가정을 돌보지 않은 가장으로
무소유로 노천에서 거적을 걸치고 드럼통에 기거하며 가장 적은 욕심
을 갖고 있기에 자기는 신神에 가깝다고 연설하였지요.

가정을 등한시하고 해야 할 일을 유기한 그에게
처가 오죽했으면 오물 세례를 했겠는가?

수많은 명언을 남겼지만, 그의 처 '크산테페'는 '3대 악처'라는 대명사로
붙렸습니다. 그러나 그가 죽었을 때 '에그, 가엾고 불쌍해 … 철없던 사
람'이라며 애통해하였다지요.

인류의 역사를 보면 창조적 업적을 남긴 여러 인물들이 자기 아집으로
일관하고 가장의 도리를 유기해 많은 약자를 만들었지요.

# 술의 위력

인간의 건강에 보약 같은 술

그러나
미천한 인간에겐
중독에 빠지게 하고
삶을 엉망으로 만드는
마약 같으며

현명한 사람에겐
견디기 어려운 시련을
해소해주는
보약 같은 위안주가 되지요.

애석하게도
부모에게 술을 마실 수 없는
유전자를 전수받은 사람들은
부모를 탓할 수밖에 없습니다.

불쌍타!

# 척도

눈 덮인 설산에 죽을힘을 다해 올라 소원성취 했다고 환호.

가난과 질병에 시달리는 생활상을 보고서 순수한 인간의 삶이라고 감탄.

적막하고 황량한 사막이 경이롭다고 찬양.

정부의 보조금으로 쪽방에서 늙고 병든 몸으로 살면서도 100만원을 기부하고 행복에 젖은 노인.

현대그룹 회장 정몽헌은 금강산 사업을 하면서 검찰이 공적자금 유용 비리를 조사하자 건물에서 투신하여 인생 마감.

곗돈 타서 못낸 십일조를 내고 신에게 용서받고 회개했다는 신도.

가까이 있는 행복은 챙기지 못하고 멀리서 행복을 찾는 어리석은 자.

부정하게 치부한 재력가는 지금도 사리사욕에 눈이 멀어 침 튀기며 불평불만. 불구의 몸으로 봉사하며 살아있음에 감사하는 장애인.

심오하고도 오묘한 삶의 척도입니다.

# 추천

변화무쌍하게 변천하는 현실에서
인용할 수 있는 가장 빠른 길을 추천합니다.

'인터넷'은 극비가 아니면
사회활동에 필요한 모든 것을 알려줍니다.

'아침마당'은 KBS TV 프로그램으로
성공한 인물들이 실패와 성공담을 털어놓고,
패널들이 주제에 맞게 일상생활의
'허'와 '실'을 대변해줍니다.

'방송통신대학'은 여러 사정으로 정규대학에 진학하지 못한 시민과 만
학도를 위한 대학으로 TV 방송을 통해 강의하는데, 수많은 전문가가
심혈을 기울여 편성한 원격 교육 프로그램으로 유익한 정보 제공하며,
저명한 교수진과 지식인들이 과거사, 세계사, 현대사, 미래를 집대성한
강의를 통해 생활의 지혜와 영혼의 양식을 충전하지요.

세상만사 그러려니
둥글둥글 사시길 추천합니다.

# 지향

아기 땐,
먹거리가 있으면 만족하고
성장하면서 지혜와 지식을 얻습니다.

인간은
스스로의 힘으로 해결하지 못하는 일이 생길 경우,
샤머니즘에 의탁하지요.

무언가를 갈망하면 지향하는 곳으로
마음을 모아서 결실을 맺게 되지요.

인간은 근본적으로
모정
동성
자비 등 천태만상으로 지향합니다.

특히, 이성간의 로맨스는 무조건이고,
인간의 끝없는 욕구와 사랑은
서로가 절충하기 매우 어려워 단호한 결단이 필요합니다.

# 제주도 올레길

돌, 말, 여자가 많고
남자라면 탐내는 탐라도!

산과 바다,
그리고 변화무쌍한 날씨.

한라산을 구비 돌아 계곡과 초록색 바다.

웅장한 위용과 용암으로 형성된 신비의 만장굴.

지평선 위에 조약돌 같은 섬들의 조화.

오밀조밀한 산책로인 올레길.

풍성하고 맛깔스런 먹거리와 인심 좋고 친절한 사람들.

세계 어느 곳이
이처럼 아름다움을 갖춘 강산이 있겠는가?

같이 동행한 친구들 즐겁고 고마웠습니다.

사랑, 사랑 누가 말했나….

# 빈 그릇

세상 만물이
원하든, 원하지 아니하든
나의 뜻과 무관하게
이치에 따라 숙명적으로 만들어지고,

인간은
무에서 유를 창조하는 원초적 본능으로
일생에 필요한 만물상을 만들고 빈 그릇에 채우지요.

과욕을 부려 탐욕과 욕망을
넘치게 채우면 죄악을 부르고,

사랑과 자비는
많이 채울수록 축복을 받지요.

빈 그릇을 만들라는 불교의 가르침인 무소유.

살면서 알게 모르게 넘치게 채워진
부끄러움을 펴내어 죄책감 없는 영혼의 양식을
빈 그릇에 한 알 한 알 채우겠습니다.

# 어느 일화

지하철 앞자리에 초라한 옷차림의 17세쯤 되어 보이는
쌍둥이 아들의 손을 다정히 잡는 어머니,
형제는 서로 어루만지며 스킨십을 합니다.

신문과 쪽지를 각각 손에 들고
본 곳을 보고, 또 보고, 어둠속을 달리는 차창 너머로
스치는 희미한 불빛을 보며 신기했는지 즐거워합니다.

야윈 얼굴에 허공을 주시하는 눈동자,
알 수 없는 말을 흥얼거리며 안짱다리로 휘청거리듯 내리는
지체장애자 쌍둥이의 뒷모습이 눈에 아프게 밟힙니다.

그들이 내린 자리에
수수한 옷차림의 30세 쯤 보이는 어머니와
6세쯤 보이는 아들이 다정스럽게 앉습니다.

이것저것 물어보면 꼼꼼히 가르쳐주는
엄마의 다정한 모습이 행복해 보입니다.

깡충깡충 뛰면서 내리는 아이를 보니
상반된 두 가정의 희비가 뇌리에 맴돕니다.

# 고마운 사람

주차장에서 부주의하여
세워둔 차에 상처를 입히고

예약한 시간에 맞춰 진료를 마치고서야
경비원에게 신고하여
피해자에게 미안하다고 사과하니

피해자는 나를 걱정하며
최소한의 경비로 수리하겠다며
오히려 나를 위로하는 고마운 말에 감동받았지요.

경비원은 CCTV로
사고 현장을 모니터링하였고,

피해자도 내 차량 번호를
이미 알고 있다며 귀띔해 주어
또 한 번, 감동을 받았지요.

차량 접촉사고로
인연이 되었던 고마운 사람을 적습니다.

# 봄이 오면

아파트 사이 넓은 공간 거목들 틈에 끼어 터를 잡은
벚나무와 목련과 라일락이 꽃과 향기로 계절을 알리네요.

담장 너머 둔덕에 뿌리내린 정원수를 보며 산책길 따라 사색하며 거닙
니다. 철쭉과 영산홍의 화려한 꽃과 형형색색 아름다운 자태를 보며 호
강합니다.

산책길 옆 도랑에는 맑은 물이 흘러
도시에서도 시골의 정취를 실감케 합니다.

낮과 밤이 달리 보이는 풍경은 도심 속 별장 같고, 창밖에 내려다보이
는 로터리공원엔 소나무와 모과나무가 조화를 이루고, 가로수 터널 끝
자락엔 대모산이 산수화를 그려냅니다.

맑은 공기와 깨끗한 거리, 사통팔달 도로와 지하철 역세권, 창밖에 펼
쳐지는 시원한 공간을 보며 거실에서 편한 옷차림으로 지내면서 짧은
견해로 삼매경에 도취해 자화자찬합니다.

봄이 오면 가재를 잡아 계곡에 풀어줘야지.
오늘도 야무진 꿈을 꿔봅니다.

# 취화선醉畵仙

어릴 때, 부모 여의고 종으로 일하며,
중국 원나라 화가 왕몽의 그림을 몰래 보며
흉내 낸 것이 화가의 초석이 되었고,

글을 몰랐던 그는 작부와 동거하며
그림을 시장에 팔면서 부랑자로 지내다가
개화파 세도가 김병문이 그의 그림을 인정하고
양반들에게 소개하여 화가로서 이름을 알리게 되었지요.

떠오르는 영감과 일치하지 않아 그린 그림이 마음에 들지 않으면 수 없
이 찢어버리고 불태우며 울부짖던 그.

그의 그림은 거의가 취권으로 그린 '취화선'으로
술이 깨면 '누가 그리고 갔느냐?'고 반문하였습니다.

고종황제가 왕실에서 그림을 그리게 하였으나, 방탕하고 호탕했던 그
는 적응하지 못하고 세 번이나 도망을 쳤습니다.

끝내는 옹기 굽는 곳에서 객사한 오원 장승업張承業.

'끼'는 지식과 무관함을 알린
그는 조선 최고의 화가입니다.

# 기도문

만신창이를 만든 정치권을 보면
도대체 저것들이 인간들인가 의아합니다.

누가 나라를 많이 망치고,
국민의 마음을 갈래갈래 찢어 놓느냐며
서로 경쟁하는 꼴을 보여줍니다.

민주주의가 퇴보하더라도
강력한 지도력으로 오물덩어리 정치인들을
모조리 차단해 나라 살리는 방법이 없는지
바라보는 국민의 마음이 안타깝습니다.

나라가 반신불수가 되더라도
썩어가는 정치인을 도려내어
우리나라의 기강을 회복시켜야겠습니다.

역사는 하늘이 승패를 좌지우지하는 것

하늘이시여!
우리나라를 굽어 살피시어
나라를 망치는 정치인과 구미호를 벌주시고
라이딩을 위해 청명한 날을 주시옵소서!

# 도약

세계의
경제와 정치, 발전상을 보면,
유럽이
경제와 정치로 세계를 이끌고
식민지화로 세계를 지배했죠.

영국의 식민지였던 미국이 독립해
세계를 주도하고,
아시아에서는 일본이 주도했습니다.

1960년대에
한국이 일본에 100년을 뒤졌다고 했지요.

그러나 한국은 몇십 년 만에
전자산업, 자동차, 건설 등 무수한 경제력으로
일본과 동등한 경제대국이 되었지요.

미래에는
100층 이상 되는 무수한 마천루가
우리나라의 발전상을 알리고,
우리나라 인재들이 세계를 주름잡으며
더욱 번성케 할 것입니다.

# 도덕적 삶

'도度를 넘었다.'
인간이 취해야 할 도리를 넘었을 때 쓰는 수식어지요.

신에 미쳐 신이 들렸다는 무속인.
종교에 몸과 혼을 의탁해 자신을 올인하는 종교인.

사회 활동을 한다는 이유로
가정을 등한시하는 절름발이 인생.

신의를 버리고
국민을 위한다며 너덜대는 정치인.

이처럼 인간은 천태만상으로
도를 넘나들며 자기의 삶을 살아가지요.

특히,
사랑이라는 단어는 영원불멸하며
끝없는 환희와 갈등을 제공합니다.

자아를 열고
자연의 섭리대로 살기를 염원합니다.

# 섭리

우주를 다스린다는
하느님의 섭리!

지구를 지배하는
자연의 원리와 법칙!

상호간의 섭리는
온 누리에 만발한 꽃과 같이
파라다이스를 형성합니다.

종교의 어록과 가르침은
인간을 희망으로 인도하고,

인간의 모자람과 욕망은
지금까지 이루지 못했던 과거를 거울삼아
필연적으로 평화로운 낙원을 만듭니다.

우리는
사랑이 영원하길 소망하지만,
결실을 맺지 못하더라도 좋은 추억으로 간직합니다.

# '법정 스님'을 기리며

인간의 삶과 고초!

인고를 승화시키고
진솔하면서도 지향적으로 설법하며,

고귀한 글로
사람의 도리와 참사랑을 알려준 신선한 고승!

많은 재물을
사회에 희사하고,

한 포기의 화초도
'소유'라 깨달은 '무소유 스님'

농촌에
농기구, 퇴비와 같았던 님은
한국사에
영원히 추앙받는 인물로 기록될 것입니다.

# 자성

창밖에 내리는 빗소리를 들으며
과거와 현실을 떠올리고 잡념에 잠깁니다.

어이 할꼬,
어찌하리오.
가슴앓이를 하지만,

모닥불에 달려드는 나방같이
물욕을 떨쳐버리지 못하고
상대의 약점에 돌을 던지며,

신이 아닌 인간이기에
어쩔 수 없이 행한다는 변명으로 일관했지요.

성서의 교리대로 내 양심으로는
도저히 이행하지 못함을 인식하였기에
'무종교'로 살아왔고,

타인들은 하느님과 부처의 신도로 올인하는데,
통찰하지 못하는 내면의 갈등을
추적추적 내리는 빗소리에 담아 영혼을 적십니다.

# 새벽의 마음

화려하지 않고
목재로도 쓸 수 없는 느티나무!

그러나
마을 곳곳에
수호신으로 우뚝 서서
새들의 보금자리가 되고,

인간의 쉼터로
유유자적 본분을 다하지요.

느티나무를
항상 지존으로 삼고

일생을
사랑과 보은의 마음으로
살아가면 좋겠습니다.

# 행복의 나래

찬란한 해살이
청명한 하늘과
대지에 활력을 주어
봄을 재촉하고 자연은 응답하지요.

개나리와 진달래가
꽃망울을 터뜨리고

나무들도 시샘하듯
파란 잎새를 앞세웁니다.

자연은
변함없이 뽐내지 않고
자기 이치에 어긋나지 않게
만사형통을 보여주지요.

역경을 슬기롭게 이겨내면
반드시 행복을 만들 수 있고,
오늘도 좋은 글을 보내주는 지인들이
희망의 나래를 펼 수 있게
격려해주고 인도해 줍니다.

5

★

사랑의 세레나데

# 사랑의 세레나데

매사에 어울리지 않고
추해 보이는 배우자를 정답게 부추겨주는 부부.

장애인을 반려자로 선택해
고난을 행복으로 만든 삶!

사랑 때문에 왕위도 고사한 왕족.

백치의 떠꺼머리총각을
남편으로 맞아들이고 장군으로 승화시킨 공주.

타 죽는 줄 알면서도
모닥불에 달려드는 사랑의 연가.

적과 아군을 구별치 않고
치료하는 의사와 간호사.

사랑의 결실을 위해 자존심 다 버린 신성한 사연.

애끓는 상사병인 짝사랑!
파멸과 환희!
아름답고 숭고한 사랑의 세레나데!

# 삶과 Harmony

성공담과 올바른 삶의 지표를
지적하고 알려주는 지인을 보면,

인간의 능력을 초월한 힘과
위대함을 보여주고
사는 날까지 영원히
파라다이스를 만들어 갈 것입니다.

청명한 날만 지속된다면
황패한 사막이 될 것이고,

비만 계속 내린다면
지구가 물바다가 되어
인류가 살 수 없게 되겠지요.

인간의 삶과 자연의 조화는
지구의 만물을 조율하고
건전한 영혼과 건강한 육체가 천국을 만듭니다.

사랑하는 님이시여!
함께 영화를 누리며 장수하면 좋겠습니다.

# 집착과 출가

법정 스님의 법문 '집착과 출가'를 읽고

감회와 인간 삶의 의미를
다소 깨우치게 되었습니다.

사물에의 집착을 버리고
사회와 결별하여 홀홀 단신 도를 얻는 출가!

그 과정은
평범한 사람이 할 수 없는 경지를 보여주지만,
인간의 첫째 의무인 가정을 이루고 출산하며
사회를 지키는 민초들의 역할을 어떻게 평가할 것인가?

집착을 버리고 무소유를 택한다면
마음의 평화를 이룬다는 법문.

그러나
소유욕으로 수목이 산천을 보호하고
동물이 약육강식으로
온 누리에 균형을 유지하는 것도
세상사가 아닐까 생각해 봅니다.

# 보시

우리나라 불교의 최고봉 의상과 원효대사!
두 스님이 법문을 배우려 당나라를 찾았습니다.

원효가
동굴에서 잠을 자다 바가지에 고인 물을 달게 마시고 아침에 보니 해골
에 담긴 것임을 보고 법문은 내 마음에 있음을 깨우쳐 당나라에 가기를
포기하였다지요.

의상은
당나라에서 법문을 공부하며 머물던 신도의 딸 '선묘'낭자가 짝사랑하
다가 그가 떠난 바다에 투신하여 용이 되어 대사의 곁을 지켰다는 야화
가 생각납니다.

스님의 지존 원효는 자유분방하여
삭발대신 장발머리를 하고 술과 고기를 '보시'라 했고,
신라시대 태종무열왕의 둘째딸 '요석'공주와 사랑을 나눠
파계승으로 지탄받았는데, 몸 밖으로 사정한 체액을 보듬어 '설총'을 잉
태했다는 요석공주의 보시도 있습니다.

집에서 백일기도 하는 아낙네에 아기를 갖게 했다는
스님들의 보시를 곰곰이 떠올려 봅니다.

# 동상이몽

진실한 사랑과 이별하고
건실했던 사업도 망할 때
우리의 마음속에 동상이몽이 좌지우지합니다.

꼭짓점의 정상과 아름답던 사랑도
언젠가는 하락하고 이별이 찾아올 수 있습니다.

만약, 예기하지 못했던 상황이 찾아오더라도
낙담하거나 좌절치 말고
'인연이 여기까지구나'라고 여기면서
삶의 보약이라 인식하길 바랍니다.

실패와 역경의 시련은
보잘 것 없이 하찮은 쇠를 담금질하여 만든
명검의 이치와 같고,
변치말자는 굳은 약속도
알콩달콩 좋은 때의 수식어이며,
동상이몽이 초래되면
파도와 바람에 부서지는 모래성 같지요.

이것이 우리가 사는 인간사입니다.

# 집착

집착은
만물을 넓게 포용하지 못하고

욕망과 욕심으로
인간이 해야 할
참다운 도리를 하지 않음을 충고하지요.

그러함에도
집착이 있기에 창조하고 부를 만들어

인류의 발전과 사회를 이끄는
원동력을 형성하지요.

만약,
집착을 버린다면 삶이 무의미하고 무책임하게 됩니다.

인도하고 선도하려는
집착을 버려야 합니다.

집착의 정의와 정답을
떠올려보는 시간입니다.

# 니나노 요한

유대인 제사장 아들로
하느님의 세상을 설법했던 '세례 요한'

요르단 강에서 물로 세례를 받은
예수는 하느님의 아들로 다시 태어났지요.

예수의 제자 '사도 요한'을 비롯해
전 세계 무수한 사람들이
'요한'의 이름으로 하늘나라에 입적했으며,

뜻밖에 어느 지인이
저에게 '니나노 요한'이라고 칭해
어부지리로 등록되어 잘하면 천당 가게 되었으니
행운이고 영광이라 사료됩니다.

님이여,
천당에서도 영원불멸한 우정의 꽃을 피웁시다.

세계에서 가장 막강한 '요한동우회'를 만들까 구상하며
원대한 꿈에 젖은 '니나노!'

돌이켜 생각해도 언제쯤 철들지 궁금해집니다.

# 문제와 정답

세상의 모든 사물이 존재하는 이유는
명확히 정답이 있지만, 인간 세상사의 정답은 현존하는 시점과 요지경
인물에 따라 좌지우지되며 서로 답이 다릅니다. 어떤 문제의 정확한 답
은 시간과 세월이 해결해줍니다.

철칙이 있다면, 친목 모임에서 누구를 비방하거나
고성방가를 하면 다투게 됩니다.

정치와 종교를 거론하거나 비방하는 것은 금물입니다.
정치에도 좌와 우가 있어 상대 진영을 욕설로 공격하는
말을 한다면 상호간 난처해지고, 결국 싸우게 되지요.

종교 신도 왈, 부처가 고기를 금하면서 채소만 먹으라며
종용하면서 객지에서 객사한 자라고 깎아내리고,

불자 왈, 예수는 목수 아들인데 하느님의 아들이라
우쭐대다 젊은 나이에 십자가에 못 박혀 죽은
거짓말쟁이라고 깎아내립니다.

친목모임에서 정치와 종교에 관한 평은 금물이라며
지켜야 할 철칙을 적시해봅니다.

# 개구리

우물 안 개구리들이 넓은 세상을 알지 못하고
사사건건 우물 안의 잣대로 시비하며 아우성을 칩니다.

경부고속도로를 월남에 파병했던 시체로 만든다고 반대한 개구리들.
도롱뇽을 구원하다며 종교를 등에 업고 수백억 원을 손실케 한 개구리.
나라를 구한다며 독재정치와 부정부패한 개구리들.

지금도 '꽥꽥'대는 개구리 무리의 주장대로 한다면,
홍수조절 댐을 폭파해 옛 강줄기로,
아파트를 허물고 초가삼간으로,
수세식 화장실도 재래식 뚱간으로.
비행기와 차량도 타지말고 달구지로,
구두와 농구화도 신지 말고 짚새기로,
전자통신을 없애고 봉화나 필마로,
고속도로도 오솔길로 돌려놓아야겠지요.

시면 떫지나 말지.
경제발전의 혜택을 가장 많이 누리고도
떠벌리며 따지는 배짱이여.

'꽥꽥'대며 어디로 튈지 모르는 개구리들을 개탄합니다.

# 번뇌

소외당하고 멸시받으면 견딜 수 없어 번뇌!
생명이 없는 허수아비같이 살면서
나이만 먹은 삶을 자성하는 번뇌!

무수한 사람들로부터 분에 넘치는 사랑을 받고
보답하지 못해 괴로워하는 행복한 번뇌!

왕따를 시키면서 더불어 살지 않는
본인의 부덕함을 인식하지 못하는 맹추 같은 번뇌!

건강을 돌보지 않고 병고의 원인을
남에게 전가하는 어리석은 번뇌!

만남은 인연이기에 이뤄지고
맺어진 사랑과 우정은 인력으로 끊기가
매우 어렵다고 번뇌!

더 넓고 높음에 부합하지 못하는
짧은 식견과 미약함에 가슴앓이 하는 번뇌!

누구에게나 인생의 삶은 번뇌에서 자유로울 수 없다는
불교에서의 가르침을 회상합니다.

# 도道

미움과 사랑이
하루에도 몇 번씩 변화하는 이 마음,
이것이 도道이다.

도道는
다른데 있는 것이 아니고,
바로 내 일상생활의
이 마음,
이 중생심,
이 갈등,

온갖 얽히고설킨 이 마음이 도道이다.

그 하루하루의 삶 자체가 도道의 세계다.

진리의 세계이다.

이밖에 다른 것이 없다.

- 법정 -

# 수행遂行

생명체가 있는 만물은
자연의 섭리와 자기 본분대로 하며 생을 살지만,

인간만은
본분을 왜곡하거나
자기만의 잣대로 평가하고,
뜻이 같지 않으면 소외시키거나 멸시하지요.

천태만상,
크거나, 작거나 자기 생리에 맞게
어울리는 사람과 함께 삽니다.

행복과 불행도 삶의 일부분.
멋지게 살면서 후회하지 않는
찰나를 꾸려가기 바랍니다.

무덥고 메마른 대지에
촉촉이 내리는 생명수인 비!

만물을 활력과 생동감으로 소생케 하고
살아있는 존재에 감사하며
수행의 의미를 생각해 봅니다.

# 망둥이와 꼴뚜기

중노릇도 제대로 못하는 주제에
나라 걱정한다며 분신한 '문수'중,
이제야 참다운 깨달음을 알고 절을 떠난 '수정'중.

중과 사제들이 종교라는 배경을 등에 업고
주제가 넘는 짓거리로 나라를 망칩니다.

자기들의 위상을 돋보이며
길바닥에 삼배하는 망둥이와 꼴뚜기들의 행진.

무소유를 설법하는 자들이
고급차를 타고 최상의 예우를 받으면서
떠벌리고 거들먹거리는 모습은
볼 때마다 참담한 생각이 듭니다.

탐욕에 빠진 사람과 절망에 힘들어하는 사람과
가난한 서민을 인도하라는 성직인데도
본분을 넘어 무도한 행위를 저지르고 있습니다.

그들도
국민과 동일하게 엄벌해야 합니다.

# 개탄

세금을 한 푼도 내지 않고
개기름이 번들거리는 얼굴에 비대한 몸을 뒤뚱거리며,
나랏일에 사사건건 감 놓아라, 대추 놓아라,
떠벌리는 종교계의 수장들을 봅니다.

헌금으로 살면서
나라를 위한 종족 번식도 하지 않는 주제들이
무엇을 탓하며 질책하는가?

선거에서 당선되기 위해 패거리 단체에 비위를 맞추고
절간과 기독교를 망라한 종교집단에
머리를 조아리면서 자리에 연연하는
비굴한 위정자들도 꼴불견입니다.

다른 종교인을 살육하고,
이권 앞에는 몽둥이로 싸움질하는 단체.
아직도 회개하지 않고
상왕처럼 우쭐대는 종교계의 수장들.

건실한 종교인을 욕보이고,
종교를 더럽히는 무례하고 비열한 행위를 개탄합니다.

# 소인배

작은 것에 연연하며 큰 것을 잃고, 분배는 먼저 취하고
화투장도 먼저 갖으며 내 것은 내 것, 네 것도 내 것.

남의 베풂을 비아냥거리고 인색 떨면서 집에 금송아지가 있다고 자랑,

곁에 있는 사람에겐 베풀지도 않으면서 먼 곳에서 봉사한다며 위세.

짧은 지식으로 거드름을 피우며 뭇사람에게 무식하다고 핀잔,

속세에 천당이 있음을 인식하지 못하고 사후에 천당 가겠다며
투기하는 자.

사사건건 부정적인 사고로 타인을 괴롭히는 볼썽사나운 행동거지.

철판 깐 얼굴에 불가사리 같은 욕심.

똥칸 주제에 잿간을 더럽다고 침 뱉고
부정한 재물로 자식들 재산 싸움시키면서
권력엔 천사 같은 미소 ,약자에겐 악마 같은 소행.

죄를 짓고도 죄를 모르는 소인배를 적어봅니다.

# 대인

오른손으로 베푼 자비를 왼손도 모르게 하고, 사생활을 엄격히 하면서
타인의 잘못을 관용으로 베풉니다.

남의 잘못은 거울을 본 것처럼 자기 생활의 스승으로 삼아 돌아보고,
도움을 주지 못하면 안타까워서 먼발치에서라도 관심 가지고 격려합
니다.

매사에 공짜를 바라거나 이익을 탐하지 않고 노력한 만큼만 취하며,
봉사와 자비를 실천하면서도 위세를 부리거나 대우받으려 하지 않습
니다.

잘못은 나의 탓으로 생각하고 타인에게는 책임을 전가하지 않으며, 남
에게 친절하게 행동하면서 다른 사람이 잘되는 것을 환영하고 칭찬해
줍니다.

매순간, 순간을 소중히 여기면서 사색하고 끝없이 배우면서 반성하고,
성공한 사람들의 행적을 토대로 진취적 삶을 살려고 진솔한 마음으로
슬기롭게 자신을 보듬으며 지혜를 찾아 더듬습니다.

실패와 역경은
삶의 보약이라 여기면서 물과 같이 산다면 보약이지요.

# 존재의 의미

나의 뜻과 관계없이
부모가 만들어 인간이라는 피조물이 되었고,
유전자에 따라 백인 · 황인 · 흑인으로 분류되고
지형에 맞게 말과 생김새가 다른 인간으로 형성되었지요.

작고 큰, 소인과 대인,
우물 안의 개구리, 장님 문고리 잡기로,
제 그릇대로 살다가 '졸'하면 좋겠습니다.

향상된 삶은 주어진 운명에 얼마나 순응하며
어떻게 살았냐가 생을 좌지우지하며,
삶은 내가 있음에 모든 것이 존재합니다.

혹간은
누구를 위해 희생하며 산다는 어리석음이
나를 고통으로 몰고 타인도 괴롭히는 결과를 초래하지요.

부모가 존재케 함에 감사드리고
'졸'할 때까지
자기라는 존재를 찬사했으면 좋겠습니다.

# 홀로서기

태어남도 죽음도 홀로서기.

저마다 운명이 점지해 준 삶을
덕목과 수양을 쌓고 살다가 '졸'하는데
얼마나 살았느냐가 아닌,
어떻게 살았느냐가 인간의 삶 아닌가?

늙으면 여자는 남성스러워지고,
남자는 여성스럽게 변한다지요.

어리석은 여자는 반려자에게 자기 몫을 떠넘겨
남편을 홀로 서게 만들어 토사구팽을 자초하고,
부부 싸움을 칼로 물 베기라고 했는데,
육체적 사랑이 있을 때나 가능한 일입니다.

부부간에 배려와 신뢰가 없다면 지옥이며,
아집을 탈피하지 못하면 한 많은 인생을 살다가 '졸'하지요.

나의 영혼의 고통과 육체의 병고는
본인의 책임이며 남이 대신할 수 없는 것!

홀로서기는 모두에게 주어진 운명입니다.

# 기쁨

일평생을 살면서
'기쁨'과 '슬픔'을 10으로 나눈다면
기쁨이 8이며, 슬픔이 2를 차지합니다.

어리석은 자는 2의 슬픔을 극복하지 못하고
좌절하며 죽음에 이르기도 하지요.

대체로 기쁨은 성공하였을 때나 이익을 취했을 때이고,
가장 기쁜 일은 남에게 도움을 줄 때이지요.

빵 한 쪽의 도움에도 감사하며 맛있게 먹으면서
흡족해 하는 모습과 모두가 공평하게
이익을 나눌 때도 기쁘지요.

그리고 나에게 쓸모없는 물건이
타인에게 중요시 되고,
이것저것 추슬러 넘겨주면
값있게 쓰는 모습을 상상할 때도 기쁩니다.

특히 남자와 여자의 사랑의 결과로
후세를 남김이 최상의 기쁨이지요.

# 어떻꼬

중국에서 일본의 속국으로 전락했다가
일본이 패망함에 어부지리로 해방된 조선!

소련과 중국이 공산주의 세력을 확장하기 위하여
김일성을 앞세워 1950년 6월 25일 적화통일을 추구.
남한과 북한으로 양분된,
세계에서 유일한 비극의 나라.

남한의 경제는 선진국으로 도약했지만,
구태의연한 정치는 여당과 야당의 격한 대립으로
나라를 혼란스런 구렁텅이로 몰고,
당론에 따라 반대를 위한 반대로 국책마저 망치고 있지요.

생선가게 고양이 같은 행동을 보면
'세상에 이런 일'이라며 통탄하며
진보하는 민주주의를 갈망하고 염원하지만,
난장판 정치는 여전합니다.

누구를 원망하리
국민이 선택한 것을….

# 인간의 척도

현존하는 동물들은 경쟁자인 수억 마리의 정자를 따돌리고 자궁에 안착하여 이 세상에 태어났음을 위대한 성공이라고 자화자찬하고 찬양하라!

동물들은 평생 동안 자연의 섭리에 따라 생존하지만, 인간만이 창조적이고, 다양하게 삶을 펼치면서 성공과 실패를 반복하며 세상을 살지요.

모든 생물에게 삶과 죽음은 자신의 선택과 무관하게 감내할 수밖에 없는 이치이며, 인간사는 자의반 타의반으로 여건에 적응하여 살아가면서 '허'와 '실'을 경험하게 됩니다.

'찰나'는 지금도 되돌릴 수 없이 흘러가고 한 번만 사는 인생을 돌아보게 합니다. '근면 성실하게, 멋있고 굳건히 살았노라'고 자부할 수 있도록 생애의 결실을 맺어야겠지요.

'완전은 하늘의 척도이며, 전하려는 희망은 인간의 척도다.'

– 괴테 –

# 아름다운 창조

각 분야에서 단점을 보완해
주어진 환경의 장점을 살려 힘들게 성공한 사람들은
후세에 찬사와 추앙을 받지만,
도저히 홀로서기 어려운 지체장애자가 이룬
창조적 노력의 눈물겨운 결실을 애틋하게 바라봅니다.

발이 없으면 팔로,
팔이 없으면 입으로,
팔 다리가 없으면 온몸으로 각고의 노력을 하며
몸과 영혼의 모자람을 이겨내면서
생존함에 감사하는 지체장애자들!

님들은 이 세상에서
가장 아름답고 고귀한 창조자입니다.

그러함에도 건강한 육신을 가진 사람들은
남을 탓하고 자신을 경멸하며,
과욕과 과신, 식탐으로 육신을 병들게 하여
풍요 속의 빈곤한 마음으로 피폐한 삶을 살고 있지요.

건강함에 감사하고 과욕을 버려
아름다운 창조로 넉넉한 마음을 추구하시라!

# 충만함과 환희

책에서 차곡차곡 지식을 터득하고,
쓸모없는 쇠붙이도 담금질하면
강한 강철이 된다는 것을 알았습니다.

잘 나지도, 특수하지도 않는
보통사람으로 살아온 지금의 현실에 감사합니다.

고목에서 꽃이 피고 열매가 맺듯 존중하고
사랑하는 지인의 도움으로 책을 다시 접하니
맑아진 영혼으로 미덕을 다소 갖출 줄 알게 되었습니다.

이 세상이 모두 내 것인 양, 충만한 환희를 감출 수 없습니다. 물방울이
바위를 뚫듯이 헤아릴 수 없는 인고와 인내로 어려움을 깨뜨리며 지나
온 과거가 성숙된 인간을 만든 결과라고 생각합니다.

사랑과 신뢰로 감싸준 지인과 살가운 마음으로 돈독한 우정을 나누며
실망시키지 않는 곧은 자세로 지도 편달하며 도움을 준 그들을 항시 기
억하며 보답하렵니다.

# 물

별들은 인력과 에너지로
서로 보완해 우주를 형성하고,
46억 년 전, 빅뱅으로 떨어져 나온 불덩이가
수억 년 동안 변화해 생명체가 살 수 있는
아름답고 화려한 지금의 지구가 되었습니다.

모든 만물은 자기 몫을 다하기에 온 세상이 유지되고
지탱할 수 있으며, 물은 현상에 따라 모양새를 바꾸며,
차면 넘쳐 낮은 곳으로 흐르면서 정화되고 이치에 어긋나거나 교만하
지도 않고 자기 역할을 이행하지요.

인간은 다양한 직종과 사생활로
성공과 실패를 반복하는 일생을 살면서
'창조', '치부', '명예', '사랑'이라는
인간이 감내해야 할 필연적인 몫이 있습니다.

그동안 얼마나 많은 선과 악을 행했는가?

과거가 미흡했다면,
미래는 박애 정신과 인간다운 정으로
후회 없는 삶을 살아야겠습니다.

# 죽음

영혼과 육체가 결합하여 생물체를 이루고, 영혼 없는 식물은 이기심과 적대관계 없이 자연과 함께 자기 삶을 다하지요. 인간은 창조적 영혼으로 여러 갈래의 삶과 흑백 논리에 따라 일생을 살다가 삶을 마감합니다.

죽음이란, 육체와 이별하는 것!
이 시각, 이 순간에도 세월이 죽음을 재촉합니다.
소중한 인생을 어떤 생각을 하면서 짧은 생을 살 것인가?

육체는 음식을 무리하게 탐하면 탈이 나지만, 영혼은 끝없이 지식을 받아들일수록 성숙한 성인으로서의 인격이 형성됩니다.

자기의 권리와 임무를 충실히 이행해 육체와 영혼을 마음껏, 원 없이 일하고 발휘하여 행복과 향락을 즐기시구려.

내가 없으면 모든 것이 무가치하고 의미 없는 것!
이 세상에 하나밖에 없는 자신을 찬미하고 소중히 관리해 지금 죽어도 여한이 없는 삶을 영위하길 바랍니다.

# 위상

하나님의 아들임을 자처한 예수
어머니가 동정녀임을 강조하고,

태어나자마자
'천상천하 유아독존'이라고 외쳤다는 석가모니.

우리나라 시조가 곰이었다는 단군신화.

시조가 알에서 나왔다는 김알지와 박혁거세.

어머니의 배로 나왔다는 칭기즈칸의 제왕절개.

추장이 태양의 아들임을 주장한 인디언.

세계의 여러 나라에선
각 지방과 고을마다
수호신을 만들어 숭배합니다.

종교의 창시자인 영웅들이
인간 위에 인간을 형성한 놀라운 위상을 적어봅니다.

# 노년

단순한 사고와 의식으로
시간을 보내면서
시간의 중요성을 인식하지 못했던 철부지 시절,

살다 보니 젊음이 저만치 가버렸지요.

노년이 되니 허무하게 지나간 세월은
되돌릴 수 없는 추억이 되었고,
그때, 그 시절에 못다 한 일들이 아쉬움으로 남습니다.

후회한다고 해도 돌이킬 수 없는 삶!
미흡했던 과거를 거울삼아 돌아봅니다.

젊음을 되찾을 수 없지만,
영혼의 양식은 얼마든지 쌓을 수 있지요.

건망증과 노쇠한 육체와
주름살은 삶의 일환이고,
노년은 농익은 오곡이며,
보석보다 더 값진 것임을 깨닫습니다.

# 정지된 운명

'말'을 닮은 얼굴, 껑충하고 마른 몸매에
싸구려 옷치장이 돋보인다고 자부하던 사람!

700가지 병고와 불행을
행복으로 탈바꿈하려 노력하던 그녀!

점지해 준 운명으로
인간의 한계를 극복하지 못하고
육체와 영혼을 영원한 자유로 마감한 그녀는
인간의 아름답고 애달픔을 여실히 보여준 삶이었지요.

역사에 남는 모든 것들은
역경과 실패를 극복하고 완성함으로써
인간사에 영원한 본보기가 되는 나침판이지요.

모든 생명체는 모두 사라지는 것!

큰 업적을 이루지 못했지만,
가내의 무탈함과 건강함이 성공이라 자부하고,
정과 사랑을 주는 사람들에게 보답하며,
현실에 충실한 삶을 살면서
남은 인생 즐기며 감사하길 바랍니다.

# 왕조

인류의 정치사를 보면
족장이 왕조로, 하느님을 앞세운 교황이
왕보다 더 강한 권력을 행사했지요.

민주주의와 공산주의로 양분되면서
왕권이 대부분 몰락하고,
지금은 대다수 국가가 대통령제와 내각제로
통치하는 것이 정치사이지요.

백제 유민이 일본으로 건너가
일본 역사를 왜곡해 국가를 만들었고,
하늘에서 내려왔다는 천황도 사실은 백제인입니다.

일본은 조선 왕권을 말살하고 신탁통치를 하였지요.
해방되었지만, 왕권을 부활시키지 않고, 대통령으로 통치한 이승만. 김
일성 왕조는 세습 정치로 손자가 왕권을 이어받은 세계사에 유일무이
한 나라이며 같은 민족이지만, 호적에서 파낼 수 없는 '망나니' 자식 같
지요.

낙후된 북한이 미워도
보듬고 가르쳐 통일을 대비해야 할 것입니다.

# 버팀목

만물의 형상은
버팀목으로 형성되고,
모든 생명체는
음과 양이 있어 후세를 남기고
생명을 다할 때까지 본분을 다합니다.

부모와 자식,
부부와 가족은 숙명적인 인연이지요.

직장이나 조직도 인화 단결하면서
서로의 버팀목으로 조직과 단체를 이끌지만,

버팀목을 악용하여
명예와 이권으로 부를 축적하는
야비하고 비굴한 삶도 있습니다.

무엇보다도 인애와 봉사로 도움을 주고
만인의 사랑을 받는 삶이 바람직하지요.

어느 것을 선택하느냐는
현명하고 명철한 사람의 몫입니다.

# 신선도

초록 이파리.
화려한 꽃송이 같은 맑은 물속의 조약돌.
뽀얀 살결에 초롱초롱한 눈동자.
통통 튀는 여체와 근육질 남성의 젊음.
동물은 털갈이하고 초목은 단풍으로 물듭니다.

자연 생태계는 순리에 따라
신선도를 유지하다가 생을 마감하지요.

그러나 인간은 부와 권력, 화장과 옷차림으로 꾸미며
겉과 속이 다른 형태로 신선함을 보여줍니다.

희로애락,
천태만상인 인간의 삶!
몸이 늙어 신선도를 잃고 피폐하게 될지라도
영혼은 덕과 교양을 갖추면 얼마든지 고고하고
의연한 자태를 유지할 수 있습니다.

사후에 신선을 갈망하지 말고,
속세에서 신선하게 살면서
자신의 존재에 긍지를 가지고 감사를 떠올리면 좋겠습니다.

# '토끼해'에 고<sub>告</sub>함

해방됐지만, 자주독립국이 되지 못하고
아직도 미국과 중구이 속국처럼
양국의 방패막이가 된 남과 북!

시누이 같은 일본.
독재정치의 깡패집단인 북한.
당리당략과 모르쇠의 위정자.
본분을 잊은 성직자.

이들은 모두 자기 기득권만 주장하며
비열하게 깨우치지 못하고,
세계를 화약고로 만들며 우리나라도 만신창이로 만듭니다.

국가적 재앙인 '구제역' 때문에 국민이 사투를 벌이는데
살생하지 말라면서 떠벌리는 불교계의 수장.
엉덩이에 뿔 난 신부들.
북한 같은 체제라면 존재하겠는가?

위정자, 성직자여!
위선과 교만을 자제하고,
우리나라가 명실상부한 국가로
거듭날 수 있도록 힘을 보태라.

# 만행

생선가게 고양이는 배 속만 채우면 만족하지만, 양처럼 선한 가면과 탈을 쓰고 위세를 떨며 부정 축재하는 불가사리 같은 그들을 고발합니다.

만민을 평등하고 잘 살게 만든다는 공산주의 이념을 앞세워 국민 앞에서는 허름한 인민복을 입고 뒤로는 호화판으로 지내면서 독재정치를 세습하여 국민을 공포와 굶주림으로 내모는 김일성 일가가 가증스럽습니다.

국민이 낸 세금으로 삶을 꾸리면서 국민을 보호하여야 할 공직자들이 상왕 노릇하며 직무유기 합니다.

지방자치제도를 도입하여 재정을 맡겼더니 빚내서 도청, 시청, 군청의 청사를 아방궁처럼 짓고 호의호식하다 그 자리를 떠나면 무책임인 지자체 단체장.

국민이 맡겨놓은 돈을 착복하고 은행을 파산하게 한 은행임직원.

오물로 범벅이 된 그들이 나는 깔끔하고, 너는 더럽다고 질타하면서 나랏일은 뒷전, 싸움만 하는 망나니 같은 국회의원들.

싹 쓸어서 지옥으로 보낼 수도 없고,
난장판 우리나라를 누가 구원해야 하는지를 묻습니다.

# 관심과 무심


무생물은
타에 의해
빛을 발하고 모양을 바꾸지만,

생물체는
환경에 따라
관심과 무심을 드러내지요.

동물은
관심에 무심한 척 행동하는데,

동물의 영장인 인간으로서
무심으로 일관한다면
적대시, 무관심의 일환

되돌아보며
관심과 무심을 중얼거려 봅니다.

# 과거와 현실

과거엔 인권과 인격을 무시한 가부장제도와
스승의 그림자도 밟지 말라 하였지요.
현재는 자식과 학생을 학대하면 처벌받습니다.

과거에 종업원이 실수로 접시를 깨뜨리면 꾸중하였지만,
현재는 어디 다친 데 없나 염려합니다.

기독교는
예수가 부활할 때 화장하면
부활하지 못한다고 금기였던 화장을 현재는 권장하고,
부모 제사도 유일신을 섬기는 교리에 어긋나
금기하였다가 추도식으로 회복하였습니다.

그러나 정치는 변함없이 기득권의 횡포가 여전합니다.

과거에 간첩죄로 몰아 살육하였고,
현시대는 검찰이라는 개가
쑥대밭 먼지 털 듯 죄를 만들어냅니다.

혹시, 저와 생각이 다르시다면,
심심풀이 땅콩으로 봐주시길 바랍니다.

# 세상을 한 손에

돈으로
해결할 수도 없는 지식도

오케스트라와
수많은 악기의 연주도
언제, 어디서나 보고 들을 수 있고

재능과
재주를
나만의 공간에서
언제든지 펼칠 수 있으며

세상에
이런저런 것들도 섭렵하고

지구의 어느 곳과도
소통할 수 있는 기술의 발전

세상을 한 손에서 볼 수 있는
스마트폰을 찬미한다.

# 희희낙락

만사형통
불패의 하느님

승과 패
희로애락의 인간

뿌리 깊은 나무처럼
사계절 꽃피우고

농익은 과일
때론 쭉정이를 생산하는
한평생의 삶.

항시
고맙고
감사로 희희낙락

찰나를 마감한다.

# 재미 쏠쏠

지인들이
매일 보내오는
새로운 카톡 내용을
다른 지인에게 보내며
안부를 주고받는
재미가 쏠쏠합니다.

각 방송 유튜버까지
작품에 댓글을 달면
'좋아요'라고 화답해 주는
정성을 보는 재미도 쏠쏠합니다.

당구로
세월을 낚으며
노년을 보내는 것도
쏠쏠한 재미입니다.

서로 소통하며
재미가 쏠쏠한 삶을
사는 것이야말로
행복한 삶이라고 생각합니다.

# 부모의 은혜

인간을 위한 천국과 지옥을
설파하겠다고 홀로 사는
신부
수녀
스님
비구니
모두 신성하지만,

그 반면,
제가 만약 그런 삶을 산다면 끔찍한 일입니다.

빈곤과 불행도 세상사는 맛!

오곡 백화와
일용할 양식이 풍부한 행복을 잉태

세상만사를 체험할 수 있는
인간으로 존재하게 하신 부모님

그 헤아릴 수 없는
은혜에 감사드리며 니나노는 사색합니다.

# 생존의 사색

반세기 전,
이 땅에도 인권을 말살하던 왕이 통치하였고,
각 가정에도 가부장이 법이었습니다.

태어난 곳에 살다가
종중산으로 가는 것으로 인생을 마감하였지요.

현시대는
세계를 안방처럼 갈 수 있고,
스마트폰으로 세상의 노하우를
손바닥에서 보는 영광을 누립니다.

조수미 노래를 들으며
창밖 풍경에 매료됩니다.

숲은 새의 둥지를 품고
나무는 바람이 부는 대로 하늘거립니다.

힘차게 날아오르는 새들과
오가는 인걸, 아름다운 경지를 보며
생존을 사색합니다.

# 감사와 행복

살아있음을 깨닫는 아침.

식사 후 쾌변하고,
지인들을 떠올리며
카카오 톡으로 문안을 나눕니다.

당구장 가는 길목.

휠체어와 지팡이에 의지하는
사람들을 보며
건재한 두 다리에 자화자찬합니다.

인류를 존재케 하는
소우주를 품은
활기 넘치는 여성들을 바라보며
감사와 행복에 젖습니다.

# 부정적 사고와 긍정적 사고


철없을 때
시련과 고통에 끝없이 좌절하였지요.

부정적인 생각으로
부모와 인척들을 원망하였습니다.

나이 먹고
철들어가면서 생각을 긍정적으로 바꿨지요.

이 세상에 태어남을 감사드립니다.

한번 사는 인생
남들이 겪지 못한 시련과 고통이
이제는 나만의 희열과 자산임을 자부합니다.

자연의 신비로움을 보면서
잘나고 못난 인걸을 스승으로 삼고
큰 병 없이 천수를 누림을
한없이 자축하며 만세를 부릅니다.

만세, 만세, 만만세!

# 희심

활기 넘치는 젊음

농익은 오곡
어른들
거울같이 접하며 회심에 젖습니다.

모기, 파리, 해충을 잡으며
'목숨을 앗아 미안해!' 하며 고해합니다.

기쁨, 어려운 사정을 알리는
지인들의 우정에 감복

햇빛의 그림자 같은 인생,
해가 지면 사라지고 맙니다.

영원불변의 우주,
하느님까지 떠올립니다.

그러나
현존한 삶이
더 위대하고 찬란함을 새삼 깨닫습니다.

# 가부장 같은 미국

일본 패망 후 해방
3·8선으로 반 토막 난 국토
북은 소련이, 남은 미국이 관리

김일성이 평화통일을 저버리고 무력 침략한 6·25

미국 도움으로 구사일생
반세기 만에 남북이 형제애로 평화조약

휴전선 일대 무기고 폭파, 20K 중무기 철수로
고사포 진지였던 곳에 개성공단 창립.

관광 철도 부설을 무산시키고
주둔비로 1조 넘게 지출하는데도
6~7조 더 내라는 미국의 트럼프.

세계 국가와 평화공존,
글로벌화 시대에 침략국 일본과 방위조약,
소련을 적대국으로 명시해 평화공존을 깨부수는 미국.

자식이 성장하면 분가시키고 형제애를 권장하는
부모 같은 미국이길 소신껏 갈망합니다.

# 무지와 현명

세상 이치를 모르면서
떠벌림은 무지몽매

터득하여 가르침은 현명

하늘에서
구름이 서로 엉켜 빗방울

창조는 남녀가 만나는 것 같고
뜨거운 사랑의 열기로 뇌성 번개

무지는 싸움질
현명은 사랑의 불꽃
만물을 소생케 하는 물

현자들의 말씀
'물 같이 살아라.'라고
무지와 현명을 깨우칩니다.

물의 위대함
정답을 터득하고 매진합시다.

# 아뿔싸

가난했던 시절
설날이나 생일날 고깃국을 먹을 수 있었고,
쌀이 부족해 채소 끓인 죽만 먹었던 것을
현시대는 '웰빙'이라고 부릅니다.

애들은 성장하면서
어르신에게 학문과 덕담을 배웠는데
현시대는 애들에게 배워야 합니다.

민요 타령도 접하면 지겨웠는데
심금을 울리는 가사는 세계에 으뜸이네요.

노인들은 냄새나고 늙었다고 외면당하지만,
산전수전, 공중전까지 섭렵한
용맹정진 전사였음을 자각합니다.

특히 소우주를 소유하고
가정을 이끈 여성들의 위대함이
인류의 원천이었습니다.

아뿔싸!
늦은 깨달음을 마주 봅니다.

# 자화자찬

동양방송에 거액을 주고
스튜디오에 명창을 초청하여 즐기던
고 이병철 삼성그룹 회장

안가에서 연예인과 가수를 불러
양주를 마시던 고 박정희 대통령

최고 권력자와 최고의 부귀영화를 누린 재벌도
하직하는 물거품 같은 인생사입니다.

생존의 환희를 만끽하며
거실에서 창밖의 초목을 바라보고 사색합니다.

돈 한푼 안주고 스마트폰으로
명창 가수를 입맛대로 선정하여 노래를 듣습니다.

양주에 맥주를 마시며
세상을 내 것인 양
풍류에 빠져 자화자찬합니다.

닐리리야~~~

# 절규

부모
자식
형제
친구도

상호 불신하면
인연을 끝내는데

생존까지 함께 할 인연인 부부의 사연

상식 이하의 저주와 격멸에 기가 막혀
헛웃음도 용납하지 않고 병원에나 가라고 멸시합니다.

못된 성격은
하느님도 못 고친다는데
남은 세월을 어이할꼬.

세상 마감이
정답인 것 같습니다.

# 성찰

굼벵이도
구르는 재주가 있듯이

모든 만물은
주어진 희로애락의 삶을 충실히 살다가
흙으로 마무리하는 것이 세상의 이치입니다.

부족하고 어설픈
자신을 망각하고
타인들의 부족함을
중뿔나게 비아냥거리고

질책하는 어리석은 생각을
이방원의 시 '하여가'로 반성하며 성찰합니다.

이런들 어떠하며
저런들 어떠하리
만수산 드렁칡이
얽혀진들 어떠하리
우리도 이같이 얽혀
백년까지 누리리라

# 침묵은 금

철없던 과거

아는 것도 없고
사리 판단이 미흡해
이야기를 경청하였는데

지인들은 과묵하다 칭해
나이 들어 과묵함에서 벗어나고
지인들에게 친목을 도모하고자
허허실실 친구같이 대하니
예의가 없고 시건방지다고 질타합니다.

철이 있고 없고,
철이 들고 들지 않음은
삶의 과정인데 어찌하리요.

고심 끝에 내린 결론은
'침묵은 금이다.'입니다.

새삼 아로새깁니다.

# 필요악 천적

수족관에
천적인 상어를 투입하면
물고기들이 놀라 도망치느라 활기차고 싱싱합니다.

같은 맥락으로
남자들의 인생사를 돌아봅니다.

학교,
직장,
결혼까지

부인에겐 칠거지악을 적용하여
'암탉이 울면 집안 망한다.'라고 옳아 맺습니다.

현시대는 칠거지악이 없어지고
여자들 세상으로 잔소리와 호통은
필요악의 천적이 되었습니다.

힘이 빠져 어눌한 수족관 물고기 같은 남자들.

넘어져도
우뚝 서는 오뚝이처럼 강건하길 빕니다.

# 자연의 순리

대들보나
서까래로 쓸 나무는
웅장하고 곱게 자라야 쓰임이 되고,

인간이
인위적으로 훼손한
나무의 뒤틀림을 보면서
신비롭다고 찬사를 보내지요.

꽃들은
계절에 순응하며
피고 지는 것이 자연의 순리.

꽃과 나무도
타의에 의해 자란 곳을 떠나면
궁궐이든 초가삼간이든
불평불만 없이 피고 집니다.

나무와 꽃의 순리를 보며
우리네 삶을 떠올리며 사색에 잠깁니다.

# 이 찰나

'파란만장'은
힘들게 살아가는
인생살이의 가르침입니다.

인생은
항시 배우고
늘 깨달음으로 살아가야 합니다.

어리석게도
늙음에 좌절했는데,
살아있음에
감사할 줄 모르는
오만한 교만이었음을 깨닫습니다.

아직도
철부지인 자신을 돌아봅니다.

이 찰나
떠오르는 생각입니다.

# 인생 사색

늙으면
인지능력 떨어지고
매사를 고깝게 인식하며

육체가 감당하지 못해
쓰러지고 넘어져서
저승사자를 부르는 것 같습니다.

이 지경이
매 순간 찾아오지만,

반복되는
자의 반, 타의 반 받는 스트레스를
감당하기 어려워 죽음도 불사하지요.

그러나 어찌하리오.

살아서 생존하고 있음을
감사하게 여기고 살아 숨 쉴 수밖에 없습니다.

# 끝없는 감사

세상,
세계,
나를 창조한
부모의 은공은 끝이 없습니다.

산전수전에
공중전까지
깨달음으로 일깨운
자신을 돌아봅니다.

'이 세상은 끝이야'라며
한없이 절규하였지요.

그러함에도
제가 살았던 세상은 아름다웠습니다.

하느님,
부처님,
감사합니다.

# 찬미

집안
무탈하고

지금까지
큰 병 없이
살아있음은
삶의 성공입니다.

부모님
하느님
부처님
지인들에게

한량없이
감사드리며

남은 여정도
찬미로 마감합니다.

세상을 읽는 삶의 에스프리

# 니나노 이야기

초판인쇄  2024년 12월 11일
초판발행  2024년 12월 20일

지은이 | 김동학
펴낸이 | 서영애
펴낸곳 | 대양미디어

04559 서울시 중구 퇴계로45길 22-6(일호빌딩) 602호
전화 | (02)2276-0078
팩스 | (02)2267-7888

ISBN 979-11-6072-138-6 03810
값 15,000원